草原上的小木屋

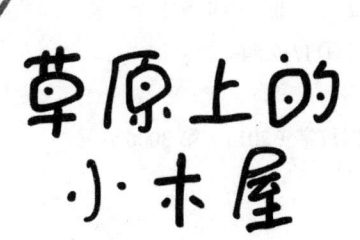

Little House on the Prairie

[美] 劳拉·英格斯·怀德 ◎ 著　文轩 ◎ 译

中国书籍出版社
China Book Press

图书在版编目（CIP）数据

草原上的小木屋 /（美）怀德著；文轩译 . — 北京：中国书籍出版社，2015.2
ISBN 978-7-5068-4622-6

Ⅰ . ①草… Ⅱ . ①怀… ②文… Ⅲ . ①儿童文学—长篇小说—美国—现代 Ⅳ . ① I712.84

中国版本图书馆 CIP 数据核字（2014）第 300626 号

草原上的小木屋

[美] 劳拉·英格斯·怀德 著　文轩 译

图书策划	武　斌　崔付建
责任编辑	牛　超
责任印制	孙马飞　马　芝
出版发行	中国书籍出版社
地　　址	北京市丰台区三路居路 97 号（邮编：100073）
电　　话	（010）52257143（总编室）（010）52257140（发行部）
电子邮箱	chinabp@vip.sina.com
经　　销	全国新华书店
印　　刷	山东德州新华印务有限责任公司
开　　本	650 毫米 ×940 毫米　1/16
字　　数	125 千字
印　　张	15
版　　次	2015 年 2 月第 1 版　2021 年 2 月第 2 次印刷
书　　号	ISBN 978-7-5068-4622-6
定　　价	42.00 元

版权所有　翻印必究

出版前言

在美国白宫的网站上,列有美国儿童文学作家的白宫梦之队,成员仅有三位:一位是写《夏洛的网》的E.B.怀特,一位是写《戴高帽的猫》的苏斯博士,还有一位就是"小木屋的故事"系列小说的作者劳拉·英格斯·怀德。

劳拉·英格斯·怀德出生于1867年2月7日,是四个孩子中的老二。根据劳拉的描述,她的父亲是个聪明、乐观却有些鲁莽的人,而她的母亲节俭、温和且有教养。劳拉的姐姐玛丽14岁时因感染猩红热而失明,弟弟九个月大的时候就夭折了。姐弟的不幸和常年艰辛动荡的拓荒生活,让劳拉从一个无忧无虑的小女孩迅速成长为一个坚强、勇敢、自立的少女。1882年,她在15岁时就取得了教师资格证。为了能让姐姐玛丽读昂贵的盲人学校,她独自去离家十几公里的乡村小学做教师赚钱养家。

小木屋的故事
Little House Books

在那段时间里，她收获了爱情，大她十岁的农庄男孩阿曼乐对劳拉展开了追求。3年后，18岁的劳拉和阿曼乐结为夫妻，后来生下了女儿罗斯。罗斯长大后成为了一名相当出色的新闻作家，而正是在罗斯的鼓励下，老年劳拉开始了对过去拓荒生活的回忆，创作出了"小木屋的故事"系列小说。这套作品可以说就是劳拉大半生的自传，书中的主角劳拉就是真实劳拉的化身。

"小木屋的故事"讲述了19世纪后半期，女孩劳拉和她的家庭在美国西部边疆地区拓荒的故事，被誉为一部美国人自强不息的"拓荒百科"。1862年南北战争期间，美国国会颁布了《宅地法案》，规定了拓荒者可以申请获得公有土地，从而揭开了波澜壮阔的美国西部大开拓时代。南北战争结束后，美国各地掀起了到西部拓荒的热潮。在这样的历史背景下，住在美国中部威斯康星州的劳拉一家开始了进军西部、追求美好生活的拓荒历程。劳拉从2岁开始便跟随家庭四处迁徙，在13岁以前，她就已到过威斯康星州的大森林、堪萨斯州的大草原、明尼苏达州的梅溪边，以及南达科他州的大荒原。劳拉一家住过森林里的小木屋，睡过草原上的地洞，也在静谧的农庄和繁忙的小镇生活过。

"小木屋的故事"一共9本，其中序曲《大森林里的小木屋》出版于1932年——劳拉65岁之时，主要讲述了她童年时代生活在威斯康星州大森林里的故事。这本书一经出版便获得了出人意料的成功，受到了不同年龄读者的极大欢迎，这也让劳拉意识到自己"拥有一个奇妙的童年"。此后十年，她笔耕不辍，相继出版了《农庄男孩》（1933年）、《草原上的小木屋》（1935年）、《在梅溪边》（1937）、《在银湖边》（1939）、《漫长的冬季》（1940）、《草原小镇》（1941）、《快乐的金色年代》（1943）等7部作品，故事一直讲到劳拉恋爱并嫁给阿曼乐。1957年，劳拉在密苏里州的农场去世，享年90岁。她的遗作，反映其新婚生活的手稿——《新婚四年》于1971年由女儿罗斯整理出版，为"小木屋的故事"画上了完美的句号。

劳拉曾在文章中写道："我见识了森林和草原的印第安乡村、边疆小镇、未开发的西部广袤土地，也亲历了人们申领土地拓荒定居的场景。我想我目睹了这一切，并在这一切中生活……我想让现在的孩子们对他们所看到的事物的历史源头及其背后的东西有更多更深的了解，正是这些使美国变成了今天他们所知道的样子。""小木屋的故事"在历史层面上，已然超越了儿童文学的范围，吸引了无数读者争相传阅。在劳拉87岁时，"小木屋的故事"系列小说开始被译成多种语言，在世界各地发行，每一本都受到了读者的极大欢迎。没有高学历、没有受过严格写作训练、没有华丽文笔的劳拉恐怕没有料到，"小木屋的故事"系列小说从此会成为世界儿童文学经典名著，成为美国文学史

小木屋的故事
Little House Books

上的一块里程碑。迄今为止，它已被改编成各种形式的故事，拍成系列电视剧和多部电影。而作者生活过并在小说中出现的地方——威斯康星州大森林中和堪萨斯州大草原上的小木屋、南达科他州银湖岸边的农庄和德斯密特镇的旧居，都成为了著名的景点，每年迎来成千上万的访客。

从拓荒女孩到驰名世界的儿童文学作家，劳拉一生的故事曲折生动。她以细腻的文笔和丰富的情感，把家庭的西部拓荒史、同父母姐妹间的亲情、与阿曼乐之间纯洁美好的爱情，以及个人的少女成长经历，描述得栩栩动人、妙趣横生。"小木屋的故事"系列小说如同一幅幅工笔细描的图画：拓荒者们与大自然搏斗，但又与大自然和谐相处；作品中的日月星辰、风雨冰雪、飞禽走兽、树木花草，无不变幻多姿、充满诗意，即使是破坏力巨大的自然灾变，也别具魅力；拓荒者之间的人际关系是那么单纯、和谐，家庭成员、亲族和朋友间的情感，包括劳拉与阿曼乐的爱情，都是那么真诚、美好，他们甚至对狗、猫、马、牛等家畜也充满了眷顾与柔情。全书涉及自然、探险、动物、亲情、爱情、成长等诸多受青少年喜爱的或惊险刺激、或温馨感人的元素，即便今天读来也倍感亲切，让人身临其境。

这是一套非常适合家庭阅读和亲子阅读的书籍。通过品读劳拉的成长故事和家庭的拓荒历程，我们可以认识自己与亲人、大自然的亲密关系，可以在生活节奏加快、人际关系疏离、远离大自然的现代社会中，找回温馨的亲情、宝贵的勇气、真实的爱情和朴素的感动。

　　放眼今天，生活在电子时代的我们很难说就一定比拓荒时的劳拉一家更加幸福。祖辈们用勤劳和勇敢开拓出美好的家园，传递给子孙后代。而当我们享受他们的馈赠时，却忘记了他们是如何久经生活的考验：耕种、打猎、缝衣、筑屋、凿井……劳拉曾说，她创作"小木屋的故事"，是为了"把自己的童年故事讲给现在的孩子听，让他们懂得勇敢、自强、自立、真诚、助人为乐……这些品质不管是在过去还是在现在，都可以帮助我们克服各种艰难困苦"。劳拉的愿望已经成为一代代读者所追求的目标，劳拉的故事已经成为人们成长路上难得的指引与鼓励，温暖了无数大人和孩子的心灵，激励着我们不畏艰辛、勇敢开拓、创造未来。

目　录
CONTENTS

- 001　去西部
- 013　渡过溪流
- 023　宿营时光
- 031　在草原上度过的一天
- 042　小木屋
- 057　终于住进了小木屋
- 064　狼群围攻
- 079　爸设置的门
- 085　装上了壁炉
- 094　为房子装上了屋顶和地板

103	印第安人来到了家里
112	终于有清水了
120	德克萨斯的长角牛
126	印第安人的营地
132	西瓜惹的祸
141	烟囱燃烧起来了
148	爸去镇上了
160	一个高高的印第安人
169	偶遇圣诞老人
180	深夜，恐怖的尖叫声
187	印第安人聚集在了一起
195	草原的一场大火
204	印第安人的战争传闻
213	印第安人离开了
218	爸的决定
223	一家人又离开了草原

去 西 部

劳拉一家要和小木屋告别了,他们驾着马车,要把家搬到印第安人的聚居区去。空荡荡的小木屋,孤零零地留在了威斯康星州的大森林里,从此之后,他们再也没有回来看望它。

大森林变得太拥挤,劳拉经常能听到砍树的声音,但那"砰砰"的声音不是爸弄出的;劳拉还经常听到"呼呼"的枪声在森林里回荡,那也不是爸开的枪;小木屋旁边的小路,已经变成了一条大路,每天都有马车"嘎吱、嘎

吱"地走过，劳拉和玛丽从没见过这么多马车。

爸不喜欢住在人太多的地方，因为人会打扰动物。爸喜欢看到动物自由自在地生活，每当看到树荫下的小鹿们和妈盯着自己看，看到胖胖的、懒懒的小熊，在野草莓地里吃草莓，他就从心里感到高兴。

一个漫长的冬夜里，爸向妈说起了西部的大草原。在那片平坦辽阔的土地上，又高又密的草一望无际，没有树木。在那里，野生动物们自由自在地溜达，低头就能品尝到鲜嫩的青草，那里就是一片天然的牧场。

冬天快要结束了，爸对妈说："我决定去西部，你同意吗？有人开高价买这个地方，不会有更好的价格了，这个价格足以让我们去西部开始新生活了。"

"啊！查尔斯，我们现在就要离开这里吗？"妈问道。是啊，天气那么寒冷，小木屋是那么温暖而舒适，妈不舍得离开。

爸却说："如果我们今年要离开的话，现在就是出发的最好时刻。待冰雪融化的时候，我们就走不出密西西比河了。"

所以，爸先是卖掉了小木屋，后来卖掉了母牛和它的孩子。他把胡桃树枝弯曲成半圆形，做成了篷车的架子，妈帮他一起撑开了白色的帆布,放在了上面。

　　天色刚蒙蒙亮,还看不清周围的事物,妈就轻轻地摇醒了玛丽与劳拉,凑着火炉和蜡烛的光芒,妈为她们梳妆打扮了一番,为她们穿上了温暖的红色法兰绒内衣,外面套上了羊毛裙和羊毛外套,又给她们套上了羊毛长袜,穿上了厚实的外套,并仔细地戴上了兔毛帽子,以及红色的纱线手套。

　　小木屋的东西都被装上了马车,只留下了床、桌子、椅子,他们并不需要带走它们,因为爸很快就能做出新的来用。

　　地面上覆盖着一层薄薄的雪,天色未亮,四周很安静,真是冷极了!寒冷的星光下面,是一层光秃的树丛。慢慢地,东方开始变白了,几辆马车穿过灰蒙蒙的树丛,从远方驶来,上面挂着灯笼,里面坐着爷爷、奶奶、叔叔、婶婶以及她们的堂兄弟姐妹们。

　　玛丽和劳拉紧紧地抱着洋娃娃,很是沉默,堂兄弟姐妹们站在她们身边,大家都不舍得她们离去。奶奶和婶婶们更是不舍得,她们一次次地拥抱她们,与她们告别。

　　爸把枪支挂在了帐篷顶上的支架上,以便需要它的时候,就可以从座椅上取下来,不仅如此,他还在枪支的下

小木屋的故事
Little House Books

方挂上了子弹袋和火药筒。他手里拿着小提琴盒，把它放在了枕头的中间，以防止马车的颠簸会损坏它。

叔叔们帮着爸套上了马车，堂兄弟姐妹们纷纷来与玛丽和劳拉告别，然后，爸抱起来她们，把她们放在了车厢后面的床上，他还帮妈爬上了马车前面的座位。奶奶走上前去，把小卡莉递给了妈。爸一跃而上，坐在了妈的身边，一条斑点狗跟在了他们的后面，它叫做杰克。

一家人就这样离开了小木屋，百叶窗被小心地关上了，小木屋并不能目送他们的背影。它安静地待在篱笆里面，就在那两棵大橡树的后面。就是那两棵大橡树，夏天的时候，曾经为妈支撑起一片绿荫，让她们在树下尽情地玩耍——这大概就是小木屋留给她们的最后的记忆吧！

爸保证，一到西部，劳拉就可以看到"帕普斯"。

劳拉问爸："可是，帕普斯是什么呢？"

爸回答她："帕普斯是印第安人的小宝宝，他小小的，有着棕色皮肤。"

林中铺满了雪，他们走了很久，来到了一个叫做裴平的小镇，劳拉和玛丽曾来过这里一次，但是，现在的它和以前有些不同。商店的门和房间里所有的门都是关着的，树桩上也满是积雪，外面没有一个孩子在玩耍。树桩之间，堆着很高很高的木材。外面走着几个男人，他们穿着靴子，戴着皮帽子，还有鲜艳的彩色格子外套。马车上，妈、劳拉、玛丽正在吃糖和面包，马儿正在吃着粮袋中的玉米。爸来到了商店里，用皮毛交换了他们路上所需要的东西。是的，他们不可以在这个小镇上待太久，他们一定要在那天穿过那个湖泊。

湖面是那么宽阔，好像一条平坦、滑溜、光洁的水带，一直延伸到了灰色的天际线。湖面上，处处是马车走过的车轮印记，一直延伸了很远很远，好像永远都不会看到它们的尽头，更不知道它们会通向何方。

于是，爸赶着马车来到了已经封冻的湖面上，尾随着前面的马车印记继续前行。当马蹄走在冰上，响起沉重的哒哒声，车轮也在"嘎吱、嘎吱"地前进着。小镇在他们的眼中，变得越来越小，最终，最高的商店变成了一个小小的黑点。马车周围空旷且寂静，其他的什么都没有。劳拉很讨厌这种感觉，但是爸在马车上，杰克在下面保护着她，她就安心许多，至少没有任何东西可以伤害到她。

马车来到了一道山坡上，突然停了下来，周围是一片树木，树木之间也有一间小小的木屋，劳拉看着它，顿时觉得很亲切。

这座小木屋是专门供人休息的地方，里面空无一人，它非常小，却很温暖，因为屋内有一个很大的壁炉，真是令人匪夷所思啊！

靠着墙壁的地方，有几个简简单单的床铺，爸在壁炉上点燃了火把，一瞬间，屋内就暖和起来了。那天晚上，爸睡在了外面的马车上，玛丽、劳拉、卡莉还有妈睡在了壁炉前面的床上，爸守护着马车、马匹，还有所有的人。

夜里，一阵声音响起来，劳拉被吵醒了，那声音像是枪声，但是比枪声更加地尖锐，持续的时间更久，而且是一阵接着一阵。玛丽和卡莉都睡得很沉，劳拉却一直睡不着，妈哄着她说："我的宝贝，快点睡觉吧！那是冰裂开的时候所发出来的声音。"

第二天早晨，爸说："卡洛琳，幸好我们昨天就穿越了那个湖面，就在今天，冰突然裂开了，真是幸运啊，它没有在我们走到一半的时候裂开。"

妈也觉得很庆幸，她说道："查尔斯，我也是这样想的。"

在这之前，劳拉并没有因为昨天的事情而担心，现在，她突然有些后怕，如果昨天真的是走了一半的路程，湖面上的冰就裂开了，他们不就全部都会掉进湖水中吗？

草原上的小木屋
Little House on the Prairie

那冰冷的湖水，该是多么可怕啊！

"查尔斯，你看看，你都吓到孩子了。"妈说道。

妈的话音未落，爸就把劳拉拥进了怀中，他的怀抱是那么安全、那么温暖。

"我们终于安全地走过了密西西比河！"爸十分开心地抱着她，"咱们喝小半杯甜苹果汁，来庆祝一下吧！我的小宝贝，你喜欢住在西部印第安人居住的地方吗？"

劳拉说自己很喜欢，她问爸是不是已经来到了印第安人的地盘。事实上，他们还没有到，他们还在明尼苏达州，距离印第安人所在的地方还有很远的路。

每一天，马儿都累得够呛，车实在走不动的时候，才会让拉着马车的马儿停歇一会儿。每一个晚上，他们都会在新的地方留宿。偶尔，他们会因为溪流的涨水而在一个地方待上一段时间，等待水退去，他们才可以继续上路。就这样，他们趟过了数不清的溪水，看见过很多稀奇古怪的树林和山丘，他们甚至走过了一个村落，里面没有一棵树。他们赶着马车穿过一座座长长的木桥。有一次，他们来到了一条溪流的旁边，上面没有桥，溪水很黄，据说，这就是密苏里溪。爸赶着马车来到了一个木筏上，其他的人安安静静地坐在马车上，他们随着下面的木筏摇摇

晃晃地离开了岸边，缓慢地穿过了那条翻滚着浑浊水浪的溪流。

过了几天，他们又一次来到了一片小山丘，在一个峡谷中，马车深陷到黑色的泥潭中。那一刻，大雨滂沱、电闪雷鸣，他们实在找不到地方可以宿营，更是没有办法点燃火把。马车上所有的东西都被雨水冲湿了，真是糟糕透顶啊！为此，他们不得不在马车上吃一些被水打湿的食物充饥。

第二天，爸在山脚下发现了一处可以安身的地方，这时候，雨已经停了，他们却还要在此待上一个礼拜，要等到洪水退去，地上的泥巴彻底干了以后，爸才可以把车轮从泥巴里挖出来，他们才可以继续赶路。

一天，当他们还在等待的时候，树林中突然出现了一个瘦高的男孩，骑着一匹黑马。他和爸交流了一会儿，他们一起走进了树林中，当他们再次出现的时候，两个人都骑着黑色的马儿。爸用那匹疲惫的棕色马换回来两匹小马，它们长得很漂亮，爸说它们不是真正的矮种马，而是一种西部野马。爸赞美道："它们如同骡子一样强壮，像猫儿一样温顺。"确实，它们的眼睛是那么温和，那么大，鬃毛和尾巴都是那样长，它们的腿和蹄子都要比森林里的马儿小许多,但是,它们跑得更快一些。

劳拉问这匹马儿叫什么名字,爸说她和玛丽可以为它们取一个好一些的名字。为此,玛丽称其中的一匹马为"佩特",劳拉将另一匹马叫做"帕蒂"。他们等到溪流的声音渐弱,地面也干燥了,爸就把陷进泥潭中的车轮挖了出来,重新为佩特和帕蒂套上了马套,之后,他们就继续上路了。

他们坐着敞篷车,一路走过漫长的旅程,他们就这样,从威斯康星州草原的那间小木屋,一直走过了明尼苏达州,然后又走过了爱荷华州和密苏里州。一路走来,杰克一直在马车下面奔跑着。此时,他们正打算穿越堪萨斯州。

堪萨斯州是一眼望不到边的平原,上面生长着随风而摇曳的长草。在堪萨斯州,他们一天天地向前迈进,而这一路上的风景,除了那些像水波般起伏的草地,就是广阔无垠的苍穹,其他的,他们什么也看不到。天空如同一个浑圆的半球,就这样罩在了一马平川的大地上,马车恰巧就在圆的中心点上。

佩特和帕蒂一天天不停地奔跑,有时小跑一阵,偶尔会走一阵,歇好了,就会继续跑。可是,他们却无法走

出这个圆形的中心点。太阳落山了，他们依然被半球包围着，天际渐渐变成了粉红色，渐渐地，大地开始暗淡下来，整个世界上似乎只剩了风吹草动的声音。营火在这巨大的空间里，显得是那么小，好像随时会熄灭，天上挂着明月，星光闪闪发亮，就像在身边那么近，劳拉觉得自己一伸手就可以触摸到它们。

第二天，大地还是那样的风景，天空也是如此暗淡，那个圆盖更是毫无变化。劳拉和玛丽已经看够了这样的风景，似乎已经没有什么好玩的事情可以做，也没有什么新奇的事物可以看了。马车的后半部分就是床铺，上面铺着一条干净而柔软的灰色毛毯，玛丽和劳拉就坐在毛毯上。马车两边的帆布早已被卷好，并捆绑了起来。草原的风一阵阵地吹了过来，劳拉那一头棕色的直发，玛丽那一头金色的卷发都被风吹得凌乱不堪，强烈的阳光下，她们根本无法睁开眼睛。

偶尔会有一只长腿的野兔，从那高高低低的草丛中一跃而上，但是，杰克却不正眼看它们。其实，杰克也很累，它的爪子已经在这场旅行中溃烂了，马车继续向前，那帆布顶篷在风中发出"噼啪、噼啪"的声响，还有两条车轮印子在马车的后面延伸而来，显得模糊不清。

爸弓着腰，手上拽着缰绳，风儿抚摸着他那长长的棕色胡须，妈却双手抱着膝盖，笔直地坐在马车上，一句话也不说。小宝宝卡莉在柔软的包袱中间睡得正香。

"啊——"玛丽打着哈欠，劳拉对妈提议道："我们可以下去走一会儿吗？我想下来跟着马车跑一小会儿，就一会儿，我的双腿坐都坐累了。"

妈却拒绝了她："劳拉，不可以。"

劳拉不耐烦地问："我们快停下来了吗？我们要去宿营了吧？"

中午似乎已经过去了很长一段时间，那时他们就坐在草地上，靠在马车的阴凉处吃了一些午餐。

爸说："现在去宿营为时太早啊！"

劳拉却抱怨道："真想现在就赶紧睡下，我要睡觉，实在太累了！"

妈大声叫了"劳拉"的名字，就不再继续说话了，她的意思是告诉劳拉不要继续抱怨了。所以，劳拉不再唠唠叨叨，但是她的心中却依旧抵触，她只好坐在那里想象一些抱怨的话语。但是，她的脚痛极了，可是，恼人的风儿依旧吹着她的头发。草随着风儿不停地摇曳，马车也摇摆不定，这路程真是安静啊！

"我们来到了一条溪流或河边上了,"爸高声喊道,"快点看前面的树,你们看见了吗?"

劳拉站了起来,手扶着马车的车篷架,果然,她看到了远方有一片朦胧的黑影。"那就是树啊,从形状上你就可以看出来,在这里,有树就有水,我们今晚就在那里宿营吧!"

渡过溪流

佩特和帕蒂也很开心,它们快乐地跑了起来,劳拉却紧抓着马车的车篷架,颤颤巍巍地站在了颠簸的马车上。她从爸的肩头望向远处,她看到了层层麦浪,看到了远处的树林,它们不像之前见到的树木那么高大,却比灌木丛要高很多。

"吁!"爸勒住了马,他自言自语地问:"现在,我们应该走哪一条路呢?"

原来,道路在这里分叉了,根本看不出哪条路上的车

轮印更多一些，两条路一条向西，一条向南，草地上，处处都是车轮印，其中，向南的那条路似乎有些往下的坡度。两条路都消失在了高高的草丛中。

望着那随风起伏的草丛，爸决定道："我想，咱们还是走下坡路吧！溪流一定在下面的洼地中，这应该才是去溪滩的路。"于是，他让佩特和帕蒂向南边走去。

这条路面有些起伏不平，先是下坡又是上坡，接着又是下坡再上坡，树木越靠越近，它们却没有想象中那么高大。劳拉从佩特和帕蒂的鼻子下望过去，竟然看不见摇曳的草了，也看不到路面了，劳拉突然被吓得不敢呼吸，双手紧紧地抓着马车的车篷架子。她向远处望去，除了树木，什么都没有。

路就在这里拐弯了，可是，刚刚来到了悬崖的顶端，路却直接急转而下。爸拉紧了缰绳，佩特和帕蒂用力地往后撑，它们几乎坐在了地面上。车轮却因为惯性向前滑动，马车一点点地沿着陡坡慢慢地滑向了平地上。马车的两边是悬崖峭壁——峭壁带着红色的泥土，上面并没有草，峭壁的顶端却生长着许多草木，它们在随风摇曳。岩壁源源不断地散发着一股股热浪，拍打着劳拉的脸，风在她的头上呼啸而过，却始终吹不到那条神秘的峡谷中。周围空空荡荡的，显得那么神秘、安静。过了一会儿，马车

草原上的小木屋
Little House on the Prairie

再次来到了一处平坦的地方,刚刚那道峡谷渐渐开阔起来,在她们眼前出现了一片洼地。这里生长着一片高大的树木,原来,劳拉从远处的草原看到的阴影就是这些大树的树顶。草地上到处有树木投下的阴影,还有一些野鹿就藏在小树丛的阴影下,路人很难发现它们。偶尔,有一些野鹿会注意到马车,便会盯着它看,一些胆大的小鹿好奇地站了起来,想看清楚里面的事物。

劳拉真的很奇怪,因为这里并没有溪流,只有一片宽阔的洼地。在这里,大草原的下方,有一些平缓的小山丘,阳光温暖地照射在开阔的平地上。空气真是灼热啊,好像静止了一样,车轮下面的泥土是那么地柔软。这片土地上,生长着很少的草,小鹿早已经把它们啃得很短很短。

不一会儿,马车就越过了那片峭壁,当马儿们在溪流边饮水时,小山丘和树林遮挡住了它们。

溪流的声音充斥在他们身边,空气中流淌着安静的空气。溪流的两岸是一排排高大的树木,投下的阴影映衬着岸两边的溪水如此暗淡。溪水中央,水流湍急,浪花中闪烁着银色、白色的光芒,真是美好!

爸说:"溪流涨得实在太高了,但是,我们得想办法渡过去。这里是浅滩,上面还有马车驶过的车轮印迹,我们

肯定也可以过去的。卡洛琳，你觉得呢？"

妈回答道："查尔斯，我们都听你的。"

于是，佩特和帕蒂高高地扬起鼻子，竖起耳朵，朝着溪流的对岸看了又看，然后，它们把耳朵转向了后面，想听听爸的意见。它们喘息着，把鼻子凑在了一起，好像在聊一些秘密。溪流的上游，杰克正"吧嗒、吧嗒"舔着溪水，那红红的舌头好像很渴。

"我得把帆布收紧了！"爸站了起来，收拢了马车两旁的帆布，让它们紧紧地贴在了马车厢上。然后，他走到了马车后面，拉紧了绳子，帆布便立刻向里面收拢起来，留下了一个小小的圆洞，可是这个洞实在太小了，从里面根本看不到外面的风景。床上的玛丽缩成一团，她讨厌这里的溪滩，那奔腾不息的溪水只会让她觉得恐惧不安。但是，劳拉却很兴奋，溪流中的朵朵浪花，让她心生欢喜。爸爬到了座位上，对她们说："溪流中间的水看起来很深，得靠马儿们游过去了。卡洛琳，我们肯定可以过去的，不要担心。"

劳拉心中牵挂起杰克："爸，我想还是让杰克来车上吧！"

爸却没有立刻回答她，此时，他的手中正紧紧地握着缰绳。

妈安慰道:"劳拉,亲爱的,不要担心杰克,它会游泳,它是安全的。"

马车在泥泞的地上缓慢地前行着,溪水拍打着车轮,随后,那拍打的声音越来越大,马车也跟着左右摇摆起来。突然,马车浮了上来,它不时地被溪水平托在水面上,不时地左右摇晃。真是好玩,突然,水浪的声音消失不见了,妈高声喊道:"孩子们,快点躺下!"

玛丽和劳拉立刻以最快的速度躺了下来,是的,每当妈用这样的口气说话,她们总是立刻执行她说的话。妈拉过来一条厚厚的毛毯,把两个孩子从头到脚地裹了起来,妈说:"不要乱动,保持现在的样子吧!"

玛丽并没有动弹,但是,她吓得浑身颤抖。劳拉忍不住试着扭动一下身体,想看看究竟发生了什么事情,因为她可以感觉到马车摇摆不定,打着圈而旋转。溪流拍打的声音再次急促地响起来,又突然消失了。突然,爸吼道:"卡洛琳,快点抓紧缰绳啊!"那声音是如此紧张,吓得劳拉不敢再动。

一个大浪打了过来,马车顿时倾斜了,劳拉直挺挺地坐了起来,掀开了头上的毯子。

她没有看到爸,只有妈一个人坐在那里,双手用力地拽着缰绳,好像死也不会放开。玛丽还藏在毛毯里面,劳

拉只好向前挪动了下身体，无奈，她根本看不到溪流的两岸，马车前面，除了湍急的溪流，竟然什么都没有。她仅仅在水面上看到了三个脑袋，分别是佩特的脑袋，帕蒂的脑袋，以及爸那湿漉漉的脑袋。在水中，爸的手紧紧地抓着佩特的辔头。

在奔流不息的溪水中，劳拉似乎听到了爸在说话，那声音听上去很平静，似乎还透着一股愉悦，但是，她始终没有听清楚爸在说些什么，原来，他是跟两匹马儿说话呢。妈也害怕极了，她吓得脸色苍白。

"劳拉，快点躺下。"妈喊道。

于是，劳拉赶紧躺了下来，她顿时觉得好冷，浑身不舒服，于是，她紧紧地闭上了双眼，但是，她的眼前依旧浮现汹涌澎湃的溪流，以及爸的棕色胡须浮在水中的样子。

之后很长的时间，马车都在来回摇摆。玛丽哭了，却没有哭出来声音。劳拉的胃变得越来越不舒服。马车的前轮似乎撞到了什么东西，一阵刺耳的撞击声，让爸尖叫一声。马车就这样猛地停了下来，颠簸着向后倾斜过来，车轮来回地滚动着。劳拉好奇地坐了起来，用手牢牢地抓着前面的座位。她看到了佩特和帕蒂湿湿的背部，它们正在倾尽全力地爬向陡峭的岸边。爸在它们旁边奔跑，为它们加油："嗨，帕蒂，嗨，佩特，孩子们，快点！上去啊！"它们终于爬到了对岸，大口喘着气，浑身滴水。马车终于安全地从溪流中出来了，安静地停靠了在岸边。

爸站在一边，也累得喘着气，浑身滴水。妈高声喊道："查尔斯！"

爸说："卡洛琳，好了，一切都好了。我们现在安全了，幸好马车很牢固，车轮之间也很结实。我从未见过涨得这样高的溪流呢！多亏了佩特和帕蒂也是游泳健将，但是，没有我的指挥，它们肯定游不到这里。"

假如当时爸不知所措，或者妈太怕而没有拉好缰绳，或者是劳拉、玛丽任性地去打扰它们，大家也许已经消失在这汹涌澎湃的波涛里了。他们肯定会被溪流冲得前后翻滚，然后消失匿迹。相信接下来的几个礼拜，肯定都不敢有人从溪流边的路上走过呢。

"很好，我们终于平安地过来了！"爸说道。

妈却很担心："瞧瞧，你都湿透了。"

爸还没有回答，劳拉哭了起来："可是，我的杰克呢？"

是啊！他们完全忘记了杰克，把它留在了那溪流的对岸了，多么恐怖啊！水面上根本没有它的影子，它一定曾经试着努力地向着马车这边游过来，但是，他们看了又

看，还是没有找到在水中挣扎的杰克！

劳拉竭尽全力地压制住自己，不让自己哭出声音来，毕竟哭鼻子可不是一件值得炫耀的事情，但她的内心一直在流泪。从离开威斯康星州，杰克就一直可怜地跟在他们的马车后面，那是多么坚强、忠诚以及充满毅力的杰克啊！但是，他们却丢了它，任那溪流淹没了它，它应该是太累了，他们本应该把杰克放在马车上啊。杰克在后面，远远地看着马车远离它而去，心中一定充满了忧伤，它一定觉得大家都不想继续带着它，其实，大家都在思念它，甚至有些懊悔。

爸悲痛地说："就算给我一百万美金，都无法换走杰克。早知道溪流会突然涨起来，我肯定不会任由杰克跟着我们游的。现在说这些，又有什么用呢！"

爸只好沿着溪流的岸边，四处寻找杰克，他大声呼喊着它的名字，吹起口哨，但他们始终没有看到杰克的影子。佩特和帕蒂也休息好了，于是，他们只好继续向前走去。爸在寻找杰克的时候，衣服也晾晒干了，他重新拿起缰绳，赶着马车爬上了山坡，离开了这处低洼的地方。

在继续前行的路上，劳拉一直往后看，虽然她心中也知道，自己再也不可能看到杰克了，但她心中还留着一丝希望。除了马车，以及溪流里那片起伏不平的山丘，她什么都没有看见，溪流两边的峭壁依旧高高地耸立着。

后来，敞篷车的前面又出现了一道崖壁。在这些崖壁之间有一道缝隙，还有隐隐约约的车轮的印迹，佩特和帕蒂沿着缝隙，一步步地向上爬去，没想到，缝隙越来越宽阔，形成了一片峡谷，里面长满了草。走出这片峡谷，他们的眼前便出现了一片辽阔的草原。

前面似乎已经无路可走了，就连模模糊糊的车轮印或者马蹄印，他们也没有看到。这里像是糟糕的无人区，似乎从来没有人走过。只有那疯长的野草，覆盖着这片辽阔的土地，弧形的天空就罩在它的上方。远处，太阳徐徐升起，巨大的太阳光芒四射，天际边缘形成了一圈淡淡的粉红色，里面还有黄色，再往上是蓝色，再往上就什么也没有了。紫色的阴影笼罩着苍茫大地，风在哀嚎着，爸让马儿停了下来，和妈下车去寻找宿营地，玛丽和劳拉也跟着跳了下来。

劳拉带着哀求的语气说："妈，杰克去了天堂吗？它是一只很乖很好的狗，可以去天堂吗？"

妈不知道怎么回答她，爸蹲下来，摸着她的头说："当然，劳拉，它肯定是去天堂了。上帝去天堂的时候，连一只麻雀都没有放弃，怎么可能会忘记带上杰克呢？"

劳拉顿时觉得舒服了一些，但是，她还是高兴不起

来。爸没有像之前那样，用口哨声去呼唤杰克。一会儿，劳拉无比担忧地说："在这样的荒山野岭里行走，我们却没有好的看门狗，这该怎么办呢？"

宿营时光

爸像之前一样准备在此宿营了，他首先为佩特和帕蒂解下缰绳和马具，又为它们套上了拴马索。拴马索长长地插入地下，它是一种铁桩上的长绳子。马被套上了这种拴马索，就会老老实实地待在绳子所划定的范围内走动或吃草。没想到，佩特和帕蒂首先做的就是躺下来，在地上蹭来蹭去，它们不停地打滚，直到马具压在脊背上的重力感完全消失不见。

就在它们打滚的时候，爸却开始拨起草来，他拨呀拨

呀，拔出来一块很大的圆形，在青草下面会有一些枯草，爸可不愿在草原上贸然生火，因为枯草一旦燃烧起来，整个草原就会全部燃烧起来，爸说："小心使得万年船。"

待爸把地面上的枯草清理干净之后，他还在空地的中央堆了一些刚刚捡来的干草，之后，爸还在上面放上了从溪流边捡来的枝条木头。爸点燃了这堆干草，火苗立刻乱窜，在空地上欢乐地跳起舞来。

然后，爸来到了溪边打水，妈要准备晚餐，玛丽和劳拉跑过来帮忙。妈拿出来一些咖啡豆，放进了咖啡磨里，玛丽负责磨制。劳拉往咖啡壶中装满了水，妈点燃了火，把烤锅放在了炭火上。待烤锅烧热之后，妈会把玉米面、盐、水混合在一起，拍成一小块一小块的玉米饼。她先把熏猪肉放在烤锅上，抹了又抹，再把玉米饼放在里面，盖上铁锅。在爸堆起炭火的时候，妈已经把熏猪肉切成了薄片，并放进铁煎锅里煎来煎去。那种煎制铁锅有几个短短的脚，如同一只蜘蛛立在了炭火上，人们称它为"铁蜘蛛"，真是名符其实啊！因为除了那几个短短的脚，它和普通的平底锅毫无区别。

不久，咖啡煮好了，玉米饼也熟了，熏猪肉也煎好了。劳拉深呼吸了一口，那味道真的很香甜，她顿时觉得自己饿极了！

草原上的小木屋
Little House on the Prairie

爸把马车上的椅子搬了下来，一直拿到了火堆旁边，然后，他和妈坐在上面，劳拉和玛丽坐在低矮的辕杆上。每个人的面前都摆着一个锡盘子，一副钢叉和钢刀——它们都是骨制的，有着白色手柄。爸妈还备有一个锡制的小杯子，卡莉也有一个小杯子，可是，玛丽和劳拉却只可以共享一个杯子，这个杯子只能用来喝水，是的，在没有长大的时候，她们是不可以喝咖啡的。

晚饭时刻，草原上有一团紫色的阴影渐渐地聚集到了他们扎营的地方。寂静的草原在夜色中，显得更为辽阔无边。风缓缓地吹过，天空中挂着一闪一闪的星星，看上去似乎触手可及，它们是那么大，而且很低。

在这寒冷的黑暗中，广袤的草原上，营火是那么惬意且舒适。熏猪肉吃起来香脆可口，玉米饼更是美味。在马车背后，佩特和帕蒂也在吃着晚饭——原来它们正在享受着青草的美味，嘴巴里发出满足的咀嚼声。

爸开口说话了："我们将在这里扎营几日，也许待在这里就不走了，因为这里是一个好地方。溪流的洼地里有木材，还有很多猎物。这里有我们需要的每一样东西，卡洛琳，你觉得呢？"

妈也说："也许我们继续走下去的话，可能会找不到这样好的地方呢！"

爸信心满满地说:"明天我打算带着枪四处走走,说不准我可以为大家找到新鲜的肉呢。"

爸用燃烧的木块点燃了自己的烟斗,然后舒服地伸展了一下双腿。空气中杂糅着烟草和柴火的味道。玛丽打了个哈欠,不小心从马车的杆子上滑了下来,一屁股坐到了草地上。妈洗好了碟子、杯子、刀子和叉子,顺便把"铁蜘蛛"和烤锅也弄得干干净净,最后,她仔细地将洗碗布也洗好了。

妈突然停下来了,她仔细地倾听着从黑暗中传来的嚎叫声,那声音来自远方的大草原,那声音吓得劳拉脊背发凉,头皮发麻,其实,他们都知道那恐怖的声音是什么。

妈抖了一下洗过的洗碗布,把它铺在了草地上。当妈回来的时候,爸说:"我认为,狼还在半里之外呢,哪里有狼,哪里就有野鹿,所以,我期待……"

爸没有说完,但是,劳拉却知道,他此时此刻希望杰克会在这里。那时,他们还在森林里,每当听到狼的吼叫,只要看到杰克,劳拉总会觉得很安全,她相信没有任何东西可以伤害自己。想到这里,劳拉觉得自己的喉咙里似乎卡了什么东西,鼻子一阵阵发酸。她迅速地眨巴着眼睛,努力控制着不让眼泪流下来。没想到,一匹狼,或者另一匹狼，又开始吼叫起来。

"孩子们，咱们去睡觉吧！"妈故作镇定。于是，玛丽站了起来，转过身朝向妈，示意妈把她背后的扣子解开。劳拉却纹丝不动地站在那里，她看向远方，那边是那么黑暗，有一丝在不远处闪烁着的绿光，她看到了，看得很清楚，那竟然是一双眼睛。

顿时，劳拉觉得一股寒气从背上袭来，她的头皮发麻，头发几乎竖了起来。那两点绿光在慢慢地移动，其中一点绿光灭掉了，另外的一点也闪了一下，灭掉了，最终，两只眼睛朝着他们这个方向走来，那绿色的光芒让人不寒而栗。

劳拉低声对爸说："狼！爸！就在那边！"

爸向着马车这边移动过来，动作很快。

他很快地从马车里抽出来一支枪，准备向那只眼睛开上一枪。"眼睛"紧紧地盯着劳拉，纹丝不动，似乎也在等待着时机。

爸用肯定地语气说："它可不是狼，除非它已经疯狂了。"妈把玛丽抱上了马车，"它肯定不是狼，快听，马儿们正在津津有味地吃草呢！"

妈猜到："难道它是一只猞猁？"

"或许是土狼吧？"爸捡起树枝丢向了它，那两只绿

小木屋的故事
Little House Books

色的眼睛却向前靠了一点,它把前腿趴在地上,似乎随时等待扑上来。爸举起枪支,它就不再向前走动。

"查尔斯,不要去!"妈劝爸,但是爸不听,他已经靠近了那双眼睛。那个家伙也不甘示弱,它向着他的方向也开始慢慢移动过来。待那个东西走到了黑暗与光明的交界处,劳拉的眼前一亮,她看得很清楚,它的毛发是黄褐色的,上面还有棕色的斑纹。然后,劳拉听到爸惊讶地叫了一声,随后,劳拉也突然发出一声尖叫。

然后,她看到了那只喘着粗气的杰克扭动着身子,它在不停地蹦跳,杰克也用它湿漉漉的舌头舔着劳拉的手和脸,然后,它又跑到了劳拉爸妈那边,又跑了回来,就这样反反复复地奔跑。

"小家伙,你吓到我了!"爸抑制不住内心的激动。

"你也吓到了我!"妈激动地说,"你们吵醒了卡莉!"她晃动了一下怀中的卡莉,想让她安静下来。

杰克也很开心,等它走近了,劳拉叹了一口气。它看上去是那么疲倦,眼睛里布满了血丝,腹部下满是泥泞。妈拿来了一块玉米面包,杰克礼貌地摇着尾巴,舔了舔,表示它实在太累了,甚至没有力气来吃东西。

爸充满歉意地说:"不知道它游了多久呢,也不知道它究竟被溪水冲了多远,它是怎样才爬上了岸。"最后,它历经千辛万苦地找到了他们,劳拉却误以为它是一只狼,爸甚至用枪指着它。

但是,杰克却原谅了他们,因为它知道他们肯定不是故意的。劳拉问:"你会怪我们吗?"杰克摇摇尾巴,上面的泥巴掉了一地。是的,它心里是知道的。

早该睡觉了!爸给了佩特和帕蒂一些玉米,并且把它们拴在了马车后面的槽边。卡莉很快就睡着了,妈帮助劳拉和玛丽脱掉了衣服,她把长长的睡衣扯了下来,她们迷迷糊糊地把手从睡衣的袖子里伸出来,并且扣好扣子,系好脸边的绳子。马车的下面,疲惫不堪的杰克只是翻了下身,很快也睡着了。

马车里,玛丽和劳拉做完祷告,爬上了床铺。妈亲了亲她们,说了一声晚安。

隔着帆布,佩特和帕蒂吃玉米正吃得香甜,发出"嘶嘶"的响声。草丛间,传来窸窸窣窣的响声,溪边的树枝上,一只猫头鹰正在怒吼,远处的猫头鹰也随之附和。在大草原上,不远处的狼在嚎叫,马车下面的杰克,似乎也饿得肚子发出"咕噜、咕噜"的声音。而篷车里面,却是那么安全、舒适。

从马车篷顶的开口向上望去,天空中处处都是闪耀的星光,一颗一颗很大很大的星星,劳拉想,爸肯定可以摘

下它们。她希望爸可以把最大的那颗摘下来送给自己。她毫无睡意，翻来覆去，突然，她觉得那颗最大的星星正在冲着她眨巴眼睛，她很惊讶。

然后，她醒过来，已经是第二天的早上了。

在草原上度过的一天

劳拉的耳边突然响起来轻柔的马嘶声，以及玉米倒入饲料箱所发出的"哗哗"的声音。爸正在为佩特和帕蒂准备早餐，他轻声说道："佩特，不要贪心啦！让给帕蒂吃吧！"

佩特停下了脚步，低声嘶鸣。

"帕蒂，快点去你自己的槽边，这是给佩特准备的食物。"爸再次吩咐。

然后，劳拉就听到了帕蒂似乎在不满地尖叫。

爸笑道："哈哈，被咬了一口吧？就是你，该受教训！我早警告你了，吃自己的那份，不要四处乱看。"

劳拉和玛丽互相看了一下，她们大笑起来。接着，她们闻到了熏肉和咖啡的香味，还有煎饼在锅里发出"嘶嘶"的煎烤声，她们骨碌一下就爬了起来，翻下了床。

玛丽几乎已经可以自己穿衣服了，但是，她时常找不到背后那几颗纽扣。劳拉帮着她一起扣好了扣子，玛丽也帮助劳拉扣好。之后，她们在马车的阶梯上所放着的脸盆里洗脸，妈为她们仔细梳理打扮好之后，爸提着水，从溪流边回来了。

之后，这一家人坐在了一块干净的草地上，把盘子放在了腿中间，津津有味地吃完了盘子里的煎饼、糖浆以及美味的熏肉。

太阳升起来了，他们周围的草丛随风摇摆不定，似乎有光影在闪烁。在那起伏不平的草浪中，云雀一下子飞到了天空中，在云朵间唱着欢乐的歌曲。蔚蓝的天空中游动着朵朵珍珠般的白云，一只小小的鸟儿站在草叶上来回游荡，用细柔的声音鸣唱。爸告诉她们，那是一只美洲雀。

劳拉激动地对着它唱道："美洲雀，美洲雀，美丽的鸟儿，美洲的小鸟儿！"

妈温柔地责备道:"好了,好了,劳拉,好好吃饭吧!尽管这里没有人会看到,但是,我们还是要注意自己的言行举止呢!"

爸温和地说:"卡洛琳,这里距离独立镇仅仅有四十英里路,一路走去,我们肯定会遇见邻居的。"

"四十英里?可是,不管离人群有多远,在饭桌上唱歌都是不礼貌的行为,对了,没有饭桌,也不能这样唱歌。"妈说道,因为她一扭头,看到这里根本没有饭桌。

这里仅仅有宽广、空荡的大草原。

太阳投下的阴影覆盖在草丛中,草丛随着这些阴影的变化,翩然起舞。鸟儿在太阳下飞翔,还唱着歌。直到此时,在这片大草原上,他们还未发现任何人来往的迹象。

天地之间,这片宽阔的草原上,仅仅停着一辆篷车,它显得那么渺小,那么孤独。

马车停在不远处,马儿们吃着玉米。爸、妈、劳拉、玛丽和小宝宝卡莉坐在马车旁边吃着早餐。杰克静静地坐在一旁,努力不用祈求的眼神去看主人们。劳拉想一边吃一边喂它,却被妈制止了。不过,劳拉悄悄地为它留了一些食物。在大家吃完最后一块煎饼的时候,妈用剩下的面糊做了一张美味的大煎饼。

草丛之间，奔跑着野兔，还有成百上千只野鸡，今天，杰克不能去捕捉早餐，爸要出去打猎，只好安排杰克守护着营地。

妈要洗衣服，爸为佩特和帕蒂系好拴马绳，然后，他取下挂在马车旁边的木桶，来到了小溪流边，待他打好水后，爸在腰间别了一把短斧头，斧头的两边是牛角制成的火药筒，爸手持一把枪，在一个口袋里放上一个小盒子，里面装着子弹。

爸对妈说："卡洛琳，我们自由一点生活吧，想做什么就做什么，想在这里住多久都可以。"

说完，爸就离开了家。最初，透过高高的草丛，她们还可以望见他的背影，最后，这个身影逐渐变成一个小黑点，大家再也看不到了。只留下了一片空旷的草原。

马车里，妈正在整理床铺，玛丽和劳拉在马车外清洗餐具，她们每洗好一些餐具，便会整整齐齐地把它们摆放进餐具箱里。除此之外，她们还会把散落在角落里的枝条捡起来，丢进火堆里，之后，她们又把木块靠着一边的马车轮子往上堆积起来。不一会儿，营地就被她们收拾得干干净净。

妈从马车里端出来一个木杯，里面盛着软肥皂，她挽起裙子的下摆，卷着袖子，一下蹲在了洗衣盆的旁边。她洗过了枕头、床单，又洗了衣服和裙子，又用清水把这些衣物重新洗涤了一遍，最后，她把它们铺在了草地上。

玛丽和劳拉绕着马车奔跑玩耍，她们不能离马车太远。草丛很茂密，也很柔软，在上面嬉戏真有趣啊！明媚的阳光照在她们的脸上，柔和的风儿吹拂着她们的头发。大野兔在她们前边蹦蹦跳跳，鸟儿在草丛里飞起又落下，到处都是美洲雀。这些鸟儿的小眼睛时刻盯着她们，原来它们的巢穴就在草丛里。还有，在这里棕色条纹的地鼠也随处可见。

这些地鼠从各自的洞穴里跳出来，立起身子好奇地看着玛丽和劳拉。它们的后腿垫在臀下只露出脚趾，前爪合拢紧紧地贴在胸前，它们可爱的站姿不禁让人想起立在大地上的木棍。只是这些"木棍"有圆圆的眼睛、皱皱的鼻子，还有可爱的小爪子。它们身上的毛发看上去就像天鹅绒那样柔软。扑闪扑闪的眼睛放着亮光，似乎想让你知道它们不是木棍而是可爱的小动物。

玛丽和劳拉很想捉一只送给妈。有好几次，她们认为肯定能捉住的时候，又都被它跑掉了。它们总是一动不动地站在那儿，让你感觉可以很轻易地捉住它们，但是当你

刚要碰到的时候，它们就机警地跑没影了，只在地上留下一个黑黑的圆洞。

忽然，一团阴影从草原上掠过，速度飞快。几乎同时所有的地鼠都不见了。一只老鹰在天空中盘旋，它飞得很低，劳拉甚至可以清楚地看到它那残忍的圆眼睛正朝下瞪着自己。是的，草原上的一切都逃不过它敏锐的眼睛。它的嘴很尖，两只爪子也锋利而强壮，它随时都在准备捕捉猎物。但是老鹰除了看到劳拉、玛丽以及许许多多的洞以外就什么也没有看到了。显然，地鼠很警觉，动作也比老鹰更快捷，它们早已躲进自己的洞穴里了。老鹰只好飞到远处继续寻觅它的午餐。于是，地鼠们又重新钻出地面，像木棍一样立在大地上，瞪大它们圆圆的眼睛。

太阳早已高高地升到了头顶，已经是正午了。劳拉和玛丽在草丛里摘了几朵漂亮的小花送给妈，因为地鼠实在太难捉了。妈把已经晒干的衣服折叠好，那些洗净的小裤衩和衬裙比雪还要白，散发着太阳的味道，暖暖的，还有青草的芳香。妈把叠好的衣服放进马车里，然后接过她们手里的花，并把这些花小心地插在一只盛满水的锡铁杯子里。她把杯子放在了马车的脚凳上，整个营地因为这些花朵变得更加有生机。妈切了两片玉米蛋糕，在上面涂了许多蜜糖，一片给了劳拉，另一片给了玛丽。这就是她们的午餐，但玛丽和劳拉已经感到非常满足了。

"妈，我们还要多久才能看到'帕普斯'啊？"劳拉好奇地问。

"嘴里含着食物的时候不要说话，劳拉。"妈说。

劳拉用力嚼了几下食物，吞了下去，然后继续对妈说道："我想看'帕普斯'。"

"天哪！"妈惊叫道，"你就那么想看到印第安人吗？过不了多久我们就能看到他们了，而且要比我们想象得还要多，到时你可以慢慢地看。"

"他们会不会伤害我们？"玛丽有点害怕地问。玛丽一直都是个乖巧的女孩，从不会在嘴里含着食物的时候说话。

"会！"妈很肯定地说，"不要以为他们会友善地对待我们。"

"妈，你为什么不喜欢印第安人呢？"劳拉一边用舌头去舔顺着手指往下滴的蜜糖，一边好奇地问。

"我就是不喜欢他们。"妈看着劳拉，命令道，"不许舔手指！"

"既然你不喜欢他们，为什么还要来这里呢？"劳拉

说道,"而且这里已经属于印第安人了,不是吗?"

妈却说,她也不知道这里是否就是印第安人的地盘,她甚至不知道堪萨斯州的界线。尽管如此,印第安人在此也不会待很久,爸的一位来自华盛顿的朋友告诉他,印第安人的领土很快就会为外来者开放了。或许此时已经开放了,华盛顿离这里有点远,他们还没有得到这个消息。

随后,妈从马车里拿出一个熨斗放在火边加热,再给自己的带枝叶花纹的印花布衣服以及孩子们的衣服上喷点水。接着她在马车座上铺开一条毯子和一张床单,开始熨了起来。

小宝宝卡莉在马车里睡得很香。天气很热,劳拉、玛丽和杰克躺在草地上,马车的影子正好遮挡住了阳光。杰克张着嘴,粉红的舌头也吐在外面,睡眼蒙眬地看着周围的景物。妈一面熨着衣服,一面哼着歌谣,她把所有衣服上的褶皱都熨得平平的。四周很安静,随风起舞的草丛一直延伸到天际,头顶上,蔚蓝的天空中漂浮着一朵朵白云,其他就什么也没有了。

劳拉觉得很开心。她听到风儿从草间拂过的沙沙声,蚱蜢在广阔的草原上发出的吱吱声,从水洼地那边的树林里还传来了一片"嗡嗡"声。所有的声音混合在一起,让

草原上的小木屋
Little House on the Prairie

人感到一种无尽的温馨和宁静。劳拉从来没有像现在这样喜欢过一个地方。

不知道是什么时候睡着了，劳拉醒来时发现杰克在自己脚边不远处，正摇着尾巴呢。太阳已经降到了地平线的位置，劳拉看到爸正穿过大草原，向这边走来。她跳起来就跑了过去，爸的影子被夕阳拉得很长很长，在随风起伏的草丛像是着急要迎接劳拉一样。

爸的手里拎着捕获的猎物——一只大兔子，劳拉从来没有见过这么大的兔子，还有两只又肥又大的松鸡。劳拉高兴地拍着手，边蹦边叫，然后拉着爸的另一只手穿过密密的草丛向营地走去。

"这个地方到处都是野味，"爸对劳拉说，"如果我看到一只鹿，那么周围一定至少还有五十只鹿，还有羚羊、野兔和各种各样的鸟。小河里还有好多鱼。"

爸兴奋地对妈说："卡洛琳，这里有我们生活所需要的一切，你所能想到的一切。我们可以像国王一样在这里生活。"

晚餐丰盛极了，他们一家人围坐在火堆旁边，吃着嫩嫩的野味，鲜香可口，一直到吃不下为止。劳拉心满意足地放下碟子，打着饱嗝。此时此刻，她觉得在这个世界上

小木屋的故事
Little House Books

自己再也不需要其他的东西了。

天边，最后一抹晚霞也消失了，黑暗渐渐降临了，笼罩了整个大草原。夜晚有点清凉，暖暖的火堆却让人觉得很舒服。在河流边的树林里，有鸟儿在鸣唱。一会儿，布谷鸟也跟着唱了起来。星星渐渐冒了出来，挂在夜幕上，鸟儿们也安静了下来。星光下爸的小提琴轻柔地吟唱起来。有时候，爸也会跟着琴声唱几声，声音是那么地甜美而悠长：

> 没有人知道你到底叫什么名字，
> 但是见过你的人都会爱上你，
> 我可爱的心上人啊……

夜幕中的星星在爸的歌声中似乎距离他们越来越近，也变得越来越明亮。

劳拉闭着眼睛轻轻叹了一口气。

"劳拉，你干什么呢？"妈问。

"嘘，听，星星们在小声地唱歌呢。"劳拉小声回答道。

"一定是星星在梦里唱歌呢。"妈笑着说，"那是小提琴的声音。该睡觉了，孩子。"

借着微弱的火光，妈帮劳拉脱去上衣，并帮她穿上睡衣，系好睡帽，然后把她"塞"进了被窝里。

月光下，小提琴仍在轻柔地吟唱；夜空中，音乐在四处回荡。

劳拉相信在这美妙的音乐中，有一部分一定来自大草原上空挂着的那些又大又亮的星星。

小 木 屋

第二天早晨，太阳还未升起，劳拉和玛丽就起床了，她们的早餐很简单，是一些松鸡汤和玉米粥。吃完后，她们帮妈洗好了餐具。爸把所有的东西都装在了马车上，又套好了佩特和帕蒂。

当太阳升起来的时候，他们也启程了！可是，前面根本无路可走，佩特和帕蒂只能艰难地走在草原上，两行长长的车轮印迹留在了马车的后面。

爸喊了一声"吁"，马车停了下来，此时，还未到正午。

爸喊道："卡洛琳，终于到了，就是这里，我们要在此建造一所自己的房屋！"

劳拉和玛丽立刻翻过饲养箱，跳下了地。这里，除了一望无尽的草原，其他的什么都没有。

往北边不远的地方，是一片溪洼地，隐约可见一些碧绿色的树尖。再远一些，便是一道黄土悬崖的轮廓线，遮挡住了草原。在东边很远的地方，有一条深浅不一的绿线，爸说那是断断续续的溪流，他用手指向溪流的方向，对妈说："看呢，那里就是弗底格里斯河。"

很快，爸妈就卸掉了车上所有的东西，他们不得不把东西都搬了出来，摆放在地上，他们拆掉了马车篷子，摆在了木桩上。然后，他们拆掉了车厢，一旁的玛丽、劳拉、杰克惊讶地看着这一切。

这样久以来，马车就是他们的家，现在，除了马车上的两个车轮，连接车轮的架子，什么都不存在了。佩特和帕蒂依旧被套在车前的辕杆上，爸拿着斧头和水桶，驾着骨架般的马车，向着远方飞驰而去，很快，他消失在了他们的视野中。

劳拉好奇地问道："爸要去哪里呢？"

妈回答道："他要去溪洼地那边砍木头。"

于是，她们被留在了大草原上，没有马车的陪伴，劳拉顿时觉得很失落，有些害怕。脚下的大地那么辽阔，头顶的蓝天那么宽广，她觉得自己微不足道。她很想离开这里，或者就像野鸡一样安静地站在草原那层层茂密的草丛间。她不能如此，她要帮助妈做事情，一旁，玛丽坐在草堆上，陪着卡莉玩。

妈和劳拉用篷车的帆布做了一顶简单的帐篷，妈把箱子和包袱摆好，劳拉清除了帐篷前面的草，就这样，一块空地被收拾出来了，一会儿，她们会在这里生火。不过，爸还没有回来，木头也没有被带来，她们没有办法生火。

现在，她们稍微有些空闲，劳拉就在帐篷的周围转悠了一会儿。突然，她在草丛间发现一个通道，它奇特的地方在于，假如你只是眺望随风飞扬的草原，你根本无法看到这个通道。因为它位于草根的下面，是一个很狭窄的直道，它似乎可以通往辽阔无边的草原深处。

于是，劳拉就沿着它走了一小段距离，她突然警觉地站住了，却没有发现任何危险。她转过身去，周围什么都没有，于是，她立刻从那个通道里跑了出来。

这时候，爸载满了木头，回到了家中，劳拉把通道的事情告诉了他。爸却没有那么好奇，他说昨天自己也看到了那条通道："那应该是以前的道路留下的印迹吧！"

那天晚上，当大家一起围坐在火堆旁，劳拉问爸，什么时候可以让她看到那个叫做"帕普斯"的印第安小婴儿呢，爸说他也不知道，他还说只有印第安人同意大家看的时候，他们才可以看到。当爸还是个小孩子的时候，曾经在纽约看到过印第安人，但是劳拉却没有看到过。劳拉只知道，他们是野人，长着红色皮肤，手持短柄战斧。

爸几乎认识所有的野生动物，劳拉以为，某一日，爸会像展示小鹿、小熊或狼一样，为她带回来一个"帕普斯"，让她们瞧瞧。

可是，一连几天，爸每天只会带来许多木头，他把木头分成两堆，一堆准备来建造房屋，一堆准备来建造马厩。马车就这样从营地走到溪洼地，来来回回地走，竟然形成了一条路。晚上，佩特和帕蒂在木材堆的旁边吃着草，最后，它们竟然把周围的草啃得光光的。

爸开始修建房屋了，他先是用脚步测量了房子四边的边角线，然后，他沿着两条对角线，用铲子挖出来一条浅浅的沟，之后，他又把最好、最粗的两根木头滚进沟里——这两根圆木很结实，可以支撑起整栋房屋，爸称它为"基木"。

然后，爸挑选了两根粗木头，让它们的两端分别与基木两端相互连接，这四根木头就围成了一个方形空地。爸用斧头在两根木头的末端上凿了一个又宽又深的凹槽。他一边凿凹槽，一边用眼睛衡量基木的粗细，以便于槽的深度刚刚好可以卡到基木的中心。等到凹槽凿好了，爸立刻把它们翻过来，刚刚好卡住了基木。

房子的基础就这样完成了，它竟然有一根平放的原木那么高。不过，基木的一半被埋在了地下，它与露出地面的木头合起来，正好是一根圆木平放着的高度。在木材相互结合的凹槽处，圆木和基木的末端都露出来了一些。

到了第二天，爸开始搭建墙壁了，他在两根圆木的底部都放上了一根圆木，然后，在每根圆木的底部都凿了一个凹槽。爸把它们翻转过来，使它们与下面的圆木相互契合。爸又把两根圆木滚到后面的圆木末端，并把它们也砍出凹槽，让它们卡住下面的两根圆木。于是，整个房屋就是两根圆木的高度了。

圆木在房屋的四个角上被连接在了一起，当然，并不是所有的木头都笔直笔直的，大部分木头都是一头粗、一头细，墙壁上不可避免地会留下一些缝隙。不过，没关系，爸总会想到更好的办法补好这些缝隙。

草原上的小木屋
Little House on the Prairie

就这样,爸一个人把房屋建造得有三根圆木那样高,妈也来帮助他。当爸想把一根木头的末端靠在墙壁上的时候,妈就会跑来帮忙扶好,爸再把另一端抬上去。他爬上了墙头,为这些木头凿凹槽,妈就在一旁为他翻滚圆木,紧紧地扶好圆木,让爸可以把木头准确地摞在合适的位置上,这样,房屋的四角都成了直角。

一根圆木接着一根圆木,墙壁越来越高,劳拉已经爬不上去了。她一直在一旁看着,竟也看烦了,于是,她来到了随风飞舞的草丛中,继续她的探索。突然,她听到爸的高声叫喊:"快点放手,从下面出来啊!"

原来,有一根高大的圆木倾斜向了另一边,爸想抓住它的末端,却没有抓住,圆木直接倒向了妈。妈应声倒下,身体紧紧地缩成了一团。

爸和劳拉快速地跑到了妈的身边,爸跪在妈身边,声音颤抖,妈喘着粗气说:"我没事。"

那根木头恰巧砸到了妈的脚上,于是,爸立刻抬起了那根木头,妈才把脚抽了出来。爸摸着妈的身体,想看看骨头是不是已经断了。爸说:"快点动动你的手臂,看看疼吗?看看你的头能不能动弹呢?"妈按照爸所说的做了起来。

"谢天谢地啊！"爸扶着妈坐了起来。

妈说："查尔斯，我倒是无碍，只是，我的脚啊……"

爸脱掉了妈的鞋袜，把她的脚从上至下检查了一遍，他动了动她的脚踝、脚背，还有每个脚趾。爸关心地问道："疼不疼？"妈脸色惨白，却依旧紧闭双唇，回答道："也不是很疼。"

爸舒了一口气说："幸好没有伤到骨头，只是扭伤了脚。"

妈强忍住疼痛，说道："我没事，扭伤的话，过几天就好了，查尔斯，不要担心我了！"

爸很内疚地说："都怪我，我没有用壁梯来支撑。"

爸扶着妈来到了帐篷里面，生起火来，烧开水，询问妈可以忍受的最高温度，妈把整个脚慢慢放在了水里面。

幸运的是，地上有一个小坑，妈的脚才没有被压碎。

爸不停地往妈泡脚的桶里加热水，妈的脚被烫得通红，肿胀的脚踝冒着热气，慢慢地变成了紫色。妈把脚从水里拿了出来，在脚踝上一圈圈地缠着布条。妈坚持说："没事，我可以自己来。"

妈在脚上缠了更多布条，所以，她只能单腿跳着往前走，不能穿鞋子。那天晚上，妈做了晚餐，但她做得很慢。爸说，在妈的脚没好彻底之前，她不能再帮忙了。

于是，爸拿着长长的厚木板做成了壁梯，爸把它的一端放在了地上，一端靠在了墙壁上。如此一来，不用抬，就可以直接把圆木滚上去了。

但是，妈脚上的伤还没好，当她拆开布条，打算再次泡热水的时候才发觉，她的脚面青一块、紫一块、黑一块、黄一块的，所以，搭建房子的工程只能在此停止了。

就这样过了一天，爸从溪边回来了，他看上去很开心，还吹着欢快的口哨。大家没有预料到爸出去打猎，这样快就回来了。爸在远处就对着她们招手，喊道："我带来了好消息！"

原来，他们有一个邻居，就在溪对岸不到两英里的地方。爸在树林里看见了他，他们已经商量好了，要互相帮助建造房屋，这个消息真是振奋人心啊！

爸愉快地说："他仅仅一个人住，所以，他的住房问题比我们好解决啊，他可以先帮助我们建好房子，待他寻好圆木，我再去帮助他。"真好，妈不用干活了，也不用等着她好了再去盖房子了。

"卡洛琳，这下你不用担心了吧？"爸开心地问道。妈回答道："查尔斯，真是太好了，我也很高兴。"

第二天一大早，爱德华先生就来了，他瘦高个、皮肤黑黑的。初次见面，他对着妈鞠了个躬，绅士地称呼妈为"夫人"。他告诉劳拉，他是来自田纳西州的一只野猫。他穿着高筒靴、笨重的夹克，戴着浣熊皮帽，他能吐出来的烟草汁比劳拉所认识的所有人都要远很多，而且，他可以用吐烟草汁的方式击中任何目标。劳拉也试着一次次地吐口水，无奈，怎么吐也吐不到那么远，那么准确无误。

除此之外，他是一个绝顶好的工匠。他和爸两个人，仅仅用了一天的时间，就把房子建得很高。当然，那也是爸所期待的高度。他们就这样一边工作，一边唱歌，偶尔还会开玩笑，他们挥舞着斧头，木屑飞了起来。

他们使用细木在墙壁的顶端搭建了房屋的骨架，然后，还在南边的墙壁上凿开了一个出口，用来做门。对了，他们还在东边和西边的墙壁上分别凿出来一个方形的洞口，想以此做窗。

劳拉迫不及待地想去里面瞧一瞧，看到墙壁上的洞口被凿开了，劳拉就立刻跑了进去。阳光从缝隙里穿透而来，照在了劳拉的手臂、手掌以及脚上，在她身上形成了明暗相交的条纹。在木头的缝隙之间，劳拉看到了远处的草原，一股清香的味道，混合着木屑的味道扑面而来，真是好闻极了！

门洞和窗户的边缘处，爸和爱德华先生在圆木被砍伐的地方，钉上了一层薄挡板。就这样，除了屋顶，房子就这样被搭建好了。四周的墙壁无比坚固，这间房屋很大，比他们外面的那间马车房屋真是大多了，这可真是一间令人满意的房屋啊！

爱德华先生说自己该回去了，爸妈却执意要留他吃晚饭。妈特意准备了一大桌晚餐，真是丰富啊，有许多肉丸子，清炖野兔，一锅肉汤，以及那些可以和糖浆一起吃的玉米面包。因为客人在的缘故，妈没有在咖啡里加蜜糖，她拿出来浅咖色的砂糖，放在纸上，让他们自己为咖啡调味，爱德华赞不绝口，一直称赞说这顿晚餐让他终身难忘。

爸拿出来自己心爱的小提琴。

爱德华懒洋洋地躺在了草地上，安静地听爸的奏乐。爸自拉自唱，为劳拉和玛丽演唱了一首曲子，这首曲目也是劳拉的最爱，因为她喜欢爸用低声唱歌，爸在唱这首歌的时候，声音会越来越低沉：

啊，我就是吉普赛国王！
我想去哪里，就去哪里！
晚上时光，我拉下睡帽，
自由自在，畅快淋漓。

他的声调继续降了下去，一直降了下去，最后，那声音比最老的牛蛙还要低上许多——

啊，
　我
　　就
　　　是
　　　　吉
　　　　　普
　　　　　　赛
　　　　　　　国
　　　　　　　　王！

这歌声惹得大家都笑了起来，劳拉更是忍俊不止。

"啊！爸，再来一次，再来一次啊！"劳拉尖叫道，可是她突然想到妈说过,小孩子只能看不能说,于是,她立刻安静了下来。

爸继续弹奏着音乐,周围的一切都跟着这音乐的节拍开始舞蹈起来。爱德华先生用手肘撑着,先是坐起来,而后又在月光下跳起舞来,如同一个会跳舞的洋娃娃。爸还在拉着他的小提琴,脚也在地上不停地打着节拍。劳拉和玛丽也跟着节奏拍起手来,脚也跟着打节拍。

"哇,我认识的人里面,你最会拉小提琴了!"爱德华先生冲着爸喊道,爸先后演奏了《卖掉麝香鹿》《阿肯色州的旅行者》《爱尔兰的浣洗女》《魔鬼角笛舞》等曲目,爸一直拉,爱德华也跟着一直跳舞。

这音乐让小宝宝卡莉也很激动,她躺在妈的腿上,高兴地拍着小手,瞪着圆圆的大眼睛,看着爱德华先生,不停地欢笑着,这个夜晚,注定无眠啊!

此时,那些营火似乎也跳起舞来,火边的影子也不停地舞动着。新盖好的房屋在黑暗中默然不语,月亮升起来了,照在灰色的墙壁上,还有黄色的木屑上。

爱德华先生与大家挥手告别,说他的家离这里还很远,他拿上了枪支,对大家道了声晚安。他说作为一个单身的人,偶尔他会觉得很孤独,今晚家庭的温暖包围着

他，他感到无比幸福。

"英格斯，继续拉你的小提琴吧，让这音乐送我一段路。"爱德华先生临走之前，还有些恋恋不舍，当他走向溪流的时候，爸还未停止手中的音乐，不仅如此，爸、爱德华先生、劳拉都大声唱着：

丹尼·塔克是一个好心的老人，
煎锅里洗漱，
马车轮前梳头发，
不幸的是，
他因牙疼死掉了。
快点，让路给老丹尼·塔克吧！
不然，他就吃不上晚饭了。
等待他吃完晚饭，洗好餐具，
仅仅剩下一个被压扁的水果，什么都没有了！
丹尼·塔克骑着小毛驴去赶集，
猎狗跑在前面带路……

空旷的草原上，回荡着爸浑厚的歌声、劳拉的细声细语，还有溪流对岸爱德华先生的歌声，那声音越

草原上的小木屋
Little House on the Prairie

来越远:

> 快点啊,给丹尼·塔克让路吧!
> 不然,他就吃不上晚饭了!

当爸的音乐停止的时候,他们已经听不到爱德华的歌声了,草原上,大风呼啸而过。月亮升起来了,照耀着这一家人,漫天月光,星星好像藏起来了,整个草原都是如此柔和、静谧而美好。

溪流边的树丛中,突然传来了夜莺的美妙歌声。

一切都安静下来了,一切都沉寂下来了,仿佛都在聆听夜莺那婉转的歌声。鸟儿们不知疲惫地歌唱啊,完全沉浸在自己的音乐世界里。草丛间,传来沙沙的声音,为它伴奏。天空如同一个发光的大碗,扣在了这片平坦的草原之上。

夜莺的歌声停了下来,却没有人动弹一下,大家都很安静,劳拉和玛丽也安安静静地坐在一旁,爸妈也无声无息地依偎在一起。风儿打着旋,草儿在叹息。爸又一次举起小提琴,放在肩部,将琴弓放在了琴弦上,拉出了几个美妙的音符。

那音乐如同水滴般,一滴滴地落下,打破了世界的宁静。爸突然停顿了一下,然后用小提琴的音乐模仿夜莺的歌声。夜莺突然回应了一声,跟着爸的小提琴的节奏,一唱一和地唱起歌来。

后来,即使小提琴的音乐停止了,夜莺依然在唱歌。每当它停下来的时候,只要爸的琴声一响起来,它又会开始唱歌。月光下,鸟儿和小提琴似乎在诉说,它们彼此聆听,彼此热爱。

终于住进了小木屋

早晨的时候,爸对妈说:"房屋四周的墙壁已经盖好了,我们不如先搬进去住吧,虽然没有地板和家具,但是,我会保证把房屋建造得很牢固,也会赶紧把佩特和帕蒂的马厩建好。昨晚,我听到了狼的吼叫声,好像离我们很近。"

妈说:"我不怕,你有枪啊!"

"杰克也可以保护我们,但是,你们母女几个住在更加坚固的墙里,我才会安心。"

妈好奇地问："为什么直到现在，我们还是没有看到印第安人呢？"

爸思考了一会儿，回答道："我也不知道，在悬崖边上，我曾经看到过他们驻扎的营地，也许他们去其他的地方狩猎了。"

妈喊孩子们起床："太阳升起来了，快点起来吧！"

劳拉和玛丽翻下床来，穿上了衣服。

"吃一些早餐吧！"妈将剩下的兔肉放在了她们面前的碗碟里，"我们今天就可以搬进大房子里了，咱们得把碎木屑清扫出来。"

于是，玛丽和劳拉吃饭的速度更快了，吃完后，她们帮着妈一起清理房间里的碎木屑，两个女孩用裙子兜起碎木屑，跑到了外面，把它们倒进了篝火堆的旁边。妈用柳条做了扫把，把一些残余的木屑也清理干净了。

此时，妈的脚踝已经好多了，但是，她走起路来还是有些费力。

但妈干活还是很麻利，她快速地清扫干净了地面，与劳拉、玛丽一起把东西搬到了房屋里。

爸站在墙头上，把篷车的帆布铺放在了屋顶上，帆布随风飞扬，升起又落下，爸的胡须在风中也似乎被吹散了，甚至连头发也被吹得立了起来，有一根头发甚至要从爸的头皮上脱离开来。爸握紧了帆布，与风做着争夺。好多次，在烈风的吹袭下，帆布被拉扯得有些扭曲变形，劳拉想象着帆布会像鸟儿一样，张开翅膀从空中飘落下来。但是爸用双脚扣在了墙壁上，双手抓住帆布，最终还是把它绑在了屋架上。

爸对着帆布吼叫道："你们待在原地不要动，别动啊……"

妈抱着棉被，看着爸，语气中有些不满："查尔斯！"

爸不予理会，依然对着帆布说话："好的，卡洛琳，你认为我应该对帆布说点什么才好呢？"

妈叫喊道："查尔斯，你这样做有些过分了啊！"

爸沿着屋架爬了下来，屋角的圆木露出来了一小截，他正好可以当梯子用。爸用手摆弄了一下头发，但如此一来，头发似乎更加凌乱了。妈看到，不由地笑了起来。爸一下子跳到地上，把她以及她怀抱的棉被一起拥入怀中。

"这个小窝你还算满意吧？"

妈笑着说："能够住在里面，我很开心呢！"

这间房屋没有门窗，没有地板，没有屋顶，但是它有泥地，有帆布，有一堵坚硬无比的墙。小屋一直安静地立在一个地方，它不像马车那般，每天醒来，都会在一个陌生的地方。

"卡洛琳，我们肯定可以在这里幸福地生活下去。"爸说，"这个地方真的很不错，我打算在这里度过余生。"

"假如以后慢慢人多了怎么办呢？"妈问道。

"也许邻居家的房子会离我们很近，也许这里的人口会越来越多。但是，这里永远不会显得很挤。你抬头看看，外面的天空是多么大啊！"爸说道。

小小的劳拉可以理解爸说的意思，因为她也喜欢这里，喜欢这里的天空，这里温和的风，还有一望无尽的草原，这里的一切都是那么自由、那么壮观。

快吃午饭的时候，房子就已基本完工了。房屋的地上、床上都很干净、整洁。马车的座椅也被搬了下来当成了椅子，爸把枪支放在了门框边上，箱子、包袱也被排列在了墙边。一束温暖的阳光透过帆布屋顶照射进来，风儿透过窗户一下子被吹到了屋里，墙壁上阳光点点，显得整座房屋无比舒适、自然。

外边的篝火还在燃烧，爸说他会赶紧在屋里修建一个壁炉。他还会收集一些木板，在冬天来临之前，他还得加固一下屋顶。但是，这一切行动都得等爸帮着爱德华先生搭建好他的房屋之后，还得等到佩特和帕蒂的马厩修建好。

妈满怀期待地说："等着一切都完工了，我还需要一个晾衣架呢！"

爸笑眯眯地说："当然，我们还需要一口深井。"

吃过午饭以后，爸将马套在了马车上，又来到溪水边取来一桶水，以备给妈洗衣服用。爸说道："你应该去溪水边洗衣服啊，印第安女人就常常在那里洗衣服。"

妈却说："假如真的想学印第安人的生活方式，咱们还应该在屋顶上开一个洞口，这样，我们就可以在屋里生火，烟还能顺着洞口跑出去。这就是印第安人的生活方式。"

当天下午，妈洗好了衣服后，就把所有的衣物铺在了草地上晾干了。

吃过晚饭，这一家人围坐在篝火旁，当晚，他们就可以在屋里睡觉了，从今往后，他们再也不用睡在篝火边了。爸妈聊天，他们想起了远在威斯康星州的亲戚们，妈希望爸可以为家里人带信，但独立镇离这里竟然有四十英里之远，爸要走很远的路，才可以把信放在邮局里寄出去。

在那遥远的森林里，爷爷、奶奶、叔叔、婶婶以及劳拉的堂兄弟姐妹，肯定不知道他们一家人现在正在这里。此时，他们正坐在篝火前面，也不知道大森林里所发生的事情。

"宝贝，该睡觉了。"妈说。这时，小宝宝卡莉已经睡熟了，妈把卡莉抱进了屋子里，帮着她脱掉了衣服，玛丽帮着劳拉松开了背后的扣子，之后，爸在门洞口挂了一床被子，他说这才是最好的门。爸做完这些后，走到了屋外，他把佩特和帕蒂拴在了靠近小屋的地方。

爸对屋里的妈说道："卡洛琳，快点出来瞧瞧，外面的月亮多么美丽啊！"

劳拉和玛丽躺在了房间小小的地铺上，从东边的窗户往外看去，一轮明亮的月亮，似乎就在窗户下闪闪发光，它是那么大，那么圆。劳拉立刻坐起来，看着月亮一点点升起来。

明亮的月光在墙上的缝隙间形成了一行行银色的线，月光从窗外照进来，散落在房屋的地面上，形成了一个个方形的亮块。月光是如此明亮，劳拉也可以清楚地看到一切，她看到妈掀开了门洞上挂着的被子。

在妈还没有看清劳拉是否坐着的时候，她又飞快地躺了下来。

她听到佩特和帕蒂对着爸轻声嘶鸣，然后，传来了一阵阵马蹄敲打地面的哒哒声。爸和它们一起走向了这房子，爸一边走一边唱到：

草原上的小木屋
Little House on the Prairie

一轮明月，

淡淡的月色朦胧，洒在大地上——

爸的歌声如同一袭月光，融化在了这寂静的草原上，他走进了门里，还在继续唱着：

淡淡的月光啊——

妈轻声地说："查尔斯，不要唱了，别吵醒孩子们！"

于是，爸轻轻地走进了房间，杰克尾随其后，也在门洞边躺了下来。在这所坚固的房间里，周围的一切是那么静谧、美好。朦朦胧胧中，劳拉听到了远处的大草原上传来了阵阵狼的嚎叫，她顿时背后发麻，然后，她就这样不知不觉地睡着了。

狼群围攻

爱德华和爸仅仅用了一天的时间,就为佩特和帕蒂盖好了马厩。那天,他们工作到很晚很晚,妈不得不做好晚饭,一直等待他们完工。

马厩的门还未做好的时候,月光下,爸找来了两根粗壮的木桩立在了门的两边,然后又把它们压进土中。爸将佩特和帕蒂赶进了马厩里,他还在木桩的中心横放了许多已经被劈开的小圆木,木桩卡在了小圆木上,形成了一堵牢固的门墙。

爸欣慰地说："就让那些野狼狂吼去吧，至少，我们今晚可以睡个好觉了！"

第二天一大早，爸掀开木头，劳拉无比惊讶，因为在佩特的旁边，多了一匹长腿、长耳朵的小马，它正摇晃着想站起来。

劳拉立刻向小马跑去，没想到，向来温和的佩特却把耳朵贴在了后面，对着她龇牙咧嘴。

爸也一扫温和，严厉地说："回来吧，劳拉！"

接着，他转过头对佩特说道："我是不会伤害那个小家伙的。"佩特也对爸轻声哼了哼，表示同意。它允许爸靠近小马，却不接受劳拉和玛丽的靠近，即使从马厩的缝隙里看一眼，它也不允许，只是用疑惑的眼神盯着她们，对她们龇牙咧嘴。

两个女孩从未见小马的耳朵会这样长，爸说，因为这是一头骡子，但是劳拉却觉得它像一只野兔子，所以，她们为这个小东西取名为"班尼"。

佩特被套上拴马绳的时候，班尼在一旁欢呼不已，它好奇地打量着这个世界。劳拉正在照顾小宝宝卡莉，除了爸，任何人好像都不能靠近班尼，佩特在一旁愤怒地嘶鸣，甚至还会跑过来咬人呢。

那个周末的下午，爸骑着帕蒂穿越了草原，希望可

以发现一些新奇的东西。房子里还储存有一些肉，爸并没有带枪。

他骑着马儿，穿越了草原深处，沿着溪洼地的悬崖边又走了一会儿。鸟儿们在前面飞着，盘旋几圈，又重新飞到了草丛里。爸一边骑马前行，一边低头看向溪洼地，或许他是在欣赏那些鹿儿吃草的姿态吧。突然，帕蒂跑得飞快，他们的身影越来越小，不一会儿就消失了，身后便是那一片随风飘扬的草丛。

夕阳快要落下的时候，爸还没有回来。妈拨动着火堆里的炭火，又往上面添加了一些木屑，她要准备做饭了。屋里的角落，玛丽正在照顾小卡莉，劳拉问妈："妈，你看看杰克怎么了呢？"

原来，杰克在屋里上蹿下跳，似乎在担忧什么。它皱起鼻子，对着空气嗅着，身上的毛一下子全部立了起来，又立刻全部倒下了。突然，佩特也开始踢着蹄子，围绕着拴马桩转了一圈，然后又呆立不动，它对着小东西叫了一声，班尼就靠近了它一些。

"杰克，你怎么了？"妈问道。杰克却盯着她的双眼，什么话也没有说。妈看了一下周围的情况，天上、地下，一切都正常啊！

"劳拉，我看外面没有事情。"妈对劳拉说道。说完，

草原上的小木屋
Little House on the Prairie

妈又拨了拨咖啡壶和平底煎锅下面的木炭，接着，妈又在烤锅上面堆积了一些木炭。松鸡在蜘蛛锅里发出滋滋的响声，玉米面包也散发着迷人的清香味道。妈一直在看着周围的情况，杰克一直在屋里来回走动，佩特不再吃草，它一直朝向爸离开的方向，小班尼一直紧紧地靠在它的身边。

帕蒂从草原的另一边跑了过来，它伸展了一下四肢，拼命地奔跑起来，那速度之快，弄得爸几乎是贴着马背而行。

帕蒂一不留神跑过了马厩，爸喊住了它，他的声音是那么刺耳，帕蒂停下来的时候，几乎累得快要趴下了。它全身颤抖，黑色的皮毛上满是汗水，还有一些白沫。爸也从马上跳了下来，累得呼呼地喘气。

妈连忙问道："查尔斯，究竟发生了什么事情呢？"

爸望向溪流那边，妈和劳拉也看向那里，但是，那边除了一望无垠的草原和溪流洼地的一些树枝，还有草原上那一排峭壁，真的什么也没有啊！

妈又问道："什么也没有，可是，你为什么跑得那么快呢？"

爸长长地呼吸了一口气："我怕狼群会追上我，不过，它们应该没有追上来。"

妈惊慌失措地喊道:"啊!狼群!哪里有狼群呢?"

爸安慰妈说:"卡洛琳,应该是没事了,先让我喘口气吧!"

等他歇息了一会儿,爸说道:"我没有想到帕蒂会跑得这样快,我唯一能做的事情就是紧紧地抓住它,卡洛琳,五十多只狼,这是我平生见过的最大的狼群啊!给再多的钱,我也不会去那里了,实在太可怕了!"

太阳下山了,一片阴影也落在了这片房屋上,爸说:"等会儿,我再讲给你听。"

妈说:"我们还是先在房屋里吃饭吧!"

爸却说:"没事,真有什么事情要发生,杰克肯定会警告我们。"

爸把佩特和班尼从拴马索里解开了,但是,他没有像往常一样,带着这些马儿去喝水。爸从妈的洗衣桶里倒出来了一些水,分给了它们,妈的洗衣桶里都是水,这是爸为妈第二天洗衣服所准备的。爸把帕蒂全身上下的汗水擦拭了一遍,然后,他把它们牵到了马厩里。

丰盛的晚餐准备好了,在黑暗中,篝火像是一个明亮的圈。火堆旁,就是劳拉和玛丽,小卡莉也在她们身边玩耍。在女孩们心中,四周很黑暗,她们有些怕,所以,她们会时不时地回首看身后,黑暗与火光的交界点,那里好像有生命在跳动。

杰克一直蹲在劳拉的身边,耳朵立在头顶上,时刻关注着黑暗里是否有动静。它不时地会往黑暗中探索,然后,它会在火堆旁边转悠一圈,回到劳拉的旁边再次坐好。它背上的毛平伏在身上,并没有来回地吼叫,大概因为它是一只斗牛犬的缘故,它的牙齿微微地露出一部分。

劳拉与玛丽正在吃玉米面包和松鸡腿,她们听着爸讲他是如何遭遇野狼的故事。

爸说,他在不远处发现了更多的邻居,来这里的定居的人好像很多,而且已经住在了溪流的两边了。就在离这里三英里的地方,大草原的一处凹地,斯科特夫妇正在建造属于他们自己的房屋,爸说他们都是好心人。在距离他们六英里的地方,有两个单身汉住在一间房屋里,他们刚刚开垦出来两块农田,而且他们的房屋就在农田的中心。一个人的床铺靠近一面墙壁,另一个人的床铺在墙壁的另一边,所以,虽然他们共处一间房屋,却睡在不同的农田里。他们的房屋并不大,仅仅有八英尺那么宽,他们在房屋的中央做饭、吃饭。

讲到这里,爸还是没有说到任何关于狼的故事,劳拉特别希望爸可以加快速度,但她明白,自己不可以在爸说

话的时候打断他。

然后,爸说那两个单身汉并不知道这里还住着其他的白人。因为除了印第安人以外,他们再也没看到过其他的居住者。所以,看到爸,他们显得特别高兴,于是,爸和他们待在一起聊了很久。

爸骑马继续前行,这时,他看到一个小白点出现在溪流的下面。爸猜想那也许是马车篷,果不其然,那真的是一辆马车。他走上前去,发现驾车的人是一对夫妻,车篷里面还坐着他们的五个孩子。他们来自爱荷华州,之所以驻扎在了洼地,是因为他们其中一匹马儿生病了。不过,现在那匹马儿好多了,不幸的是,倒霉的天气却让他们感染了热疾,这对夫妇和三个大一些的孩子,病得实在太厉害了,他们几乎站不起来了。其中,一个小女孩和一个小男孩和劳拉、玛丽年纪相差无几,他们正在照顾家人。

所以,爸要倾尽全力来帮助这家人,然后,他骑着马跑到了两个单身汉那里,告诉他们这家人急需帮助。他们骑马把这家人接到了农场,还好,草原上新鲜的空气,应该很快让他们恢复健康的。

处理了一件事情,又来了一件事情,爸知道他可能要回来晚了,于是,就抄了近道,爸为了让帕蒂跑得更快,

草原上的小木屋
Little House on the Prairie

就放松了手中的缰绳。前方突然出现了一群狼,把爸困在了中间。

爸说:"反正是一大群狼,大概有五十多匹吧!我从未遇见过这样的情景,那些狼是那么大,我想它们大概就是人们常说的布法狼吧!在头狼的胸前有一小束白色的毛,它站立起来,得有三英尺那么高,或者更高的样子。当时,我吓得浑身颤抖、头发竖立。"

妈说:"你当时也没带枪吗?"

"我很想拿出来枪,但当时的情形,就算我拿出来枪,也没有什么用。我不可能拿一支枪对付五十多匹狼。而且,帕蒂也肯定没有它们跑得快。"

妈问道:"那你是怎么跑过它们的呢?"

爸说:"当时,我被吓呆了,帕蒂准备撒腿就跑。此时,我最想做的事情就是离开那里,尽管我心里清楚,只要我们逃跑,狼们很快就会围上来,将我们扑倒在地,我只好慢慢地拉着帕蒂,让它慢慢地行走。"

妈顿时害怕了:"天哪!查尔斯,真是难以想象。"

"真的,我再也不会去那个鬼地方了,给我多少钱,我都不会去了。卡洛琳,我真的从未见过那么多狼。一匹狼就在我的身旁跑了过去,就在我的马镫下面,我似乎已经踢到了它的肋骨,它们好像刚刚吃饱,对我一点

也没有兴趣。亲爱的，你听我说，我和帕蒂离那些狼那么近，它们就在我的身边，好像狗儿围绕在我们身边转悠。它们就在那里跳啊，跑啊，撕咬着，与一群狗儿没有任何分别。"

"天哪！查尔斯！"妈又一次重复了这句震惊的感慨。劳拉的心跳加速，瞪大双眼，张大嘴巴，目不转睛地看着爸。

爸接着说："当时，帕蒂浑身颤抖，直流冷汗，它真的太害怕了。我也是一身冷汗，我只能让它在这群狼里面慢慢地行走着。那群狼似乎也想跟着我一起走，而且它离我们仅仅有几米远的距离，那只在我马镫旁的大个狼一直跟着我跑，它好像有意愿跟着我回家似的。

"最后，我们来到了一处溪凹地的地方，如果再往前走，就是洼地了。狼群的领头狼走了下去，其他的狼也跟着一起走下去。当我看到最后一匹狼也跟着跑了下去，我让帕蒂赶紧离开了。

"帕蒂就一路狂奔，穿越了那片大草原，我想就算自己拿着生皮鞭子抽打它，它也不可能比当时跑得更快了。一路走来，我真的非常担心，我害怕那匹狼会跟着我，一直跑到我的家里来。假如它要来的话，肯定比我还要早到达这里。我当时庆幸的是，卡洛琳，你手里拿着枪，我们的房屋也盖好了。我想，那坚固的墙壁和你手上的枪，肯定会将那匹狼拒之门外。但是，佩特和它的小马驹还在外面呢，真是担心死我了！"

妈说："查尔斯，别担心了，假如它们真的来了，我也会想办法救出它们。"

爸说："当时，我有些不理智，但是，我心里知道，你肯定会去救那匹马儿，其实，我想那些狼也不会过来骚扰你的。如果它们真的饿的话，我也不会站在这里和你们说话了。"

"小孩子在听着呢。"妈说道，她的意思是不要吓到玛丽和劳拉。

爸回答道："没事了，现在终于没事了，那些狼距离我们也得有好几英里远。"

劳拉问爸道："它们为什么没有攻击你呢？"

爸回答道："我也说不清楚为什么，我想，或许是因为它们那时吃得太饱了，想去溪流边喝水吧！也许它们只是在大草原上玩耍呢，根本没有留意我。如同孩子们在玩耍的时候，根本不会注意周围的事物一样。它们好像没有看到我带枪，就肯定知道我不会伤害他们的。或者，它们之前就没有看到过人，没有意识到我们会对它们造成伤害。反正，它们就是没有留意我。"

此时，佩特和帕蒂在马厩里正在焦急地转圈，杰克也一样不安地在火堆旁边走来走去，它不时地停下来，向着远方闻一闻，仔细地听什么，脖子上的毛也竖立了起来。

妈说："孩子们，该睡觉了！"此时已经是深夜，可是最小的孩子也没有睡着，于是，妈把所有的孩子都带进了房屋。妈让玛丽和劳拉赶紧上床休息，并为卡莉脱下了衣服，把她放在了大床上。之后，妈走了出去，去清洗餐具去了。劳拉很希望爸妈能够在屋里陪伴着她们，但是，此时他们却在外面，她觉得自己离爸妈好远好远。

玛丽和劳拉都是乖巧的孩子，她们安静地躺在床上，卡莉坐在一旁，在黑暗中自顾自地玩了起来。黑暗中，爸伸手取下来门口挂着的棉被，蹑手蹑脚地带上枪，走出了房屋。外面的篝火旁边，只有洗碗刷碟的声音，还有刀子刮着蜘蛛锅的响声。爸妈正在唠叨着什么，不一会儿，一股烟草被点燃的味道飘散开来。

其实，这是一间安全的房屋，但人在里面住着，却丝毫感觉不到安全感。门框后面，没有了爸的枪，房屋根本就没有门，仅仅有一条被单。

过了很久，爸妈掀开被单走进了房间里，他们轻轻地来到了床边。杰克也走到了房门边,躺了下来,它没有把脸贴到爪子上,它一直抬着头,似乎在听着什么。妈的呼吸均匀,爸的呼吸却很沉。

玛丽也睡着了,劳拉揉了揉疲惫不堪的眼睛,想看清杰克究竟在干什么,但是她根本看不见,也看不到它颈部的毛是不是竖立着。

劳拉像是被噩梦惊醒了,她突然一下子坐了起来。天也没有当时那么黑暗了,一束束月光穿过窗户的大洞和墙壁上的缝隙,洒照进房间里。窗户旁边,有一个黑影正端着枪站在那里,那正是爸。

接着,一声狼吼叫的声音传了过来,就在劳拉的耳边。

劳拉赶紧离开了房间的墙壁,狼就在墙壁外的另一边。

劳拉很害怕,她却不敢发出声响,她的背部发凉,心里怕极了。玛丽用被子紧紧地盖住了头部,杰克对着外面狂叫了几声,并对着门前的那条被子龇牙咧嘴。

爸只好喊道:"不要再叫了,杰克。"

吼叫的声音顿时充满了整个房间,劳拉从被子里爬了出来,她想站在爸的身边,但是,她知道自己那么做只会打扰他。爸转过头来,看见劳拉穿着睡衣,纹丝不

动地站着。

爸问道:"劳拉,你想看看那些狼吗?"劳拉没有回答,只是轻轻地点点头,然后,她走到了爸的身边,爸把枪依靠在了墙壁上,然后把她抱起来,放在了窗户边上。

劳拉望向窗外,月光下,一群狼围成了半圆的形状,它们蹲在原地,看着窗户里的劳拉。她从未见过这样大的狼,最大的那只肯定比自己还要高,甚至比玛丽都要高大。那只狼坐在狼群中心,正看着劳拉,劳拉心中只想到了一个"大"字来形容它。那只狼有尖尖的耳朵和尖尖的嘴巴,吐着舌头,它的肩膀和腿,以及撑在地面上的两只爪子和尾巴,都显得那么大,而且,它的毛发呈现了灰色,两只眼睛闪烁着绿色的光芒。

劳拉踩在墙的缝隙上,用两只手扒着窗口,她不敢伸出头去,因为狼群离他们太近了。它们在地面上磨着毛,用嘴巴舔着胸前的毛发。爸站在她的后面,双手扶住了她的腰。

劳拉低声说道:"没想到,它会这样大。"

爸凑到劳拉的耳朵边说道:"你看看,它们的毛发更是油亮油亮的呢!"在月光的反射下,狼的毛发真的闪闪发光呢!

"这些狼已经包围了我们!"爸压低声音对劳拉说道。

于是，劳拉说，她想去另一个窗户边看一看，于是，爸举着枪，陪着劳拉跑到了另一堵墙壁的后面。还真是如此，另一半狼群在这里围了半圈，它们的眼睛闪烁着绿色的光芒，劳拉似乎可以听到它们急促的呼吸声，当它们看到了劳拉和爸，也不由地稍微后退了一步。

佩特和帕蒂在马厩里嘶鸣，小跑，还不停地用双脚踢打着地面和马厩后面的墙壁。

就这样过了一会儿，爸又回到了最初的那扇窗口前，劳拉跟了上去。这时，在他们眼前，为首的那匹狼朝向了天空，张大嘴巴，对着月亮嚎叫了长长的一声，那声音是如此嘹亮。

所有的狼也跟着它学，把嘴巴朝向了天空，一起叫起来。这嚎叫的声音震动了整间房屋，大草原就此被打破了属于它的宁和、安静。

爸安慰道："孩子们，快点回去睡觉吧！我和杰克就在你们周围，来保护你们的安全！"

于是，劳拉只好回到了床上，但是，过了好久，她一直辗转反侧，就是睡不着。她听到了墙壁的外面传来了狼急促的呼吸声，她也清晰地听到了它们正在用爪子扒着地面，把鼻子凑到墙壁的缝隙里仔细地嗅着，然后，那只为首的巨狼又叫了起来，其他的狼也跟着

叫起来。

爸却很淡定,他从一个窗口走到了另一个窗口,杰克一直围绕着门口的那条棉被跳来跳去。劳拉并不担心,只要有爸和杰克在,它们根本进不到屋里来。劳拉就这样想着,不知不觉地睡着了。

爸设置的门

劳拉突然感到脸上很温暖,她睁开双眼,发现太阳已经升起来了。玛丽和妈正在说话,旁边点燃了篝火。劳拉穿着睡衣,赶紧跑了出去,草原上早已没有了狼的影子,小屋和马厩旁边,处处是狼的脚印。

爸驾着马车,一边吹着口哨,一边从溪流那边走了过来,和以前一样,爸把枪挂在了屋里的木钉上以后,就牵着佩特和帕蒂去溪流边喝水去了。他循着狼的脚印一直走下去,最终,他告诉大家,狼群是跟着鹿群跑了,大家这

才安下心来。

其实，只要存在狼的足迹，这两匹马儿就会害怕，它们竖起耳朵，佩特特意把小班尼呼唤到了自己身边。只要爸在它们身边，它们就会有一种安全感，所以，它们一直紧紧地跟着爸。

爸从溪流边回来了，早餐也已经准备好了。这一家人围绕着火堆，吃着美味的玉米粥和松鸡肉丁。爸说他今天会做上一扇门，这样，狼下次来的时候，就会有比被子更坚固的东西挡住他们了。

"我把钉子用光了，但是，我不能等到去买了钉子以后才动手，真正的男人并不是拥有了钉子之后，才去建造一所房屋或一扇门。"爸说道。

吃完早饭，爸套好了马车，带上斧头就去砍木材了，他想用木材做一扇门。劳拉帮着妈洗好了餐具，还整理好了床铺。

玛丽要帮着妈照顾小卡莉，所以，劳拉可以帮爸的忙，递递工具，玛丽却只能在一旁看着。

爸拿着锯子将圆木锯成了与门框相同的长度，然后，爸又锯了一些更短的圆木。爸用斧头把圆木劈成了木板，将它们打磨得很光滑、平整，他把这些长木板平放在了一起，又把短的木板与它们交叉地叠放在一起，他用螺丝钻在这些交叉的地方打了许多小孔，在每个小孔的周围，爸又敲上了大小相仿的木钉,就这样,爸不一会儿就拼合好了所有的木板。

门做好了,这是一扇橡木做成的门,它很结实、坚固。

爸切了三块皮条,做成了门的铰链,一块放在门的顶端,一块放在门的底端,一块放在了中心。

爸想着先把皮条固定在门上,于是,他先把一块木片放在了门上需要安装铰链的地方,在木片和门板上穿一个小小的洞,待他取下木条,他又把皮条叠加起来,一一包好木条,然后,他又用刀子对着木条的洞,在皮条上也钻上两个洞。最后,爸把木条包裹着的木板放在了门板上,并确保所有的洞都是整齐的,劳拉递给爸一个铁锤、一个木栓,爸钉好了木栓。木栓穿过皮条,再穿过小木片和皮条,最后穿进了木板。这样,皮条就被固定住了,它也很牢固,不可能出现松动的现象。

"真正的男人,并不是有了钉子才可以行动!"爸自豪地说道。

待三块铰链都做好以后,爸把门装在了门洞里。门板的大小正合适,爸在门洞的两侧还钉了一些木条,以防止木板向外倾斜。

爸把位置对好,劳拉在一旁帮着他不让门滑动,最后,爸把铰链牢牢地固定在了门框上。还没有结束呢,爸

还得做好门闩，门才可以被锁上啊！

爸做门闩也很有意思，首先，他砍下了一块短且厚的橡木，在这块橡木的侧面，挖了一个凹眼。爸把这块橡木钉在门板侧面边缘的地方并且竖立起来。爸让有凹槽的这一面对着门板，这样，凹槽与木板之间就有了一个狭长的槽。

不仅如此，爸还砍了一根长木棒，这根木棒可以穿过狭槽，之后，爸又将木棒的一端钉在了木板上，但是，他没有将木板钉得很死。虽然木栓被紧紧地钉在了木板上，但是木棒上的孔比木栓要大一些。而且，木棒的另一端会穿过狭长的槽，紧紧地贴在墙壁上。

于是，这块木板就成为了门闩，没有被固定的那一端正好可以在狭槽里来回地活动，钉着木栓的一端也可以自由地转动，因为它有足够的长度，自然可以先穿过狭长的槽，固定在门板和墙壁的缝隙间，而在门关上的时候，木板的末端也正好可以抵住墙壁。

把门安装完毕后，爸又在墙壁上标示出了门闩尾端的位置，然后，爸又在这里钉了一块结实的橡木，木块上端靠近墙壁的位置被挖去了一块，这样，门闩正好可以落在木块和墙壁之间的凹槽里。

一旁的劳拉试着把门关闭，她抬起一端的门闩，并让它落在壁槽上，这个壁槽让门闩紧紧地挨着墙壁，墙壁上

草原上的小木屋
Little House on the Prairie

的凹槽使得门闩抵住了门。

现在，劳拉发现除非把这牢固的门闩撞断了，否则门根本无法被打开。

当门闩取下来的时候，门就可以被轻轻地推开了。劳拉确定无疑，他们如果不想让谁进来，那么，谁也进不了这个门。

似乎还少了一根门闩绳子，它可以让人从外面拉起来门闩。于是，爸做了这样一根门闩绳子，并且把绳子的一端系在木栓和狭槽的门闩上，他又在门板上钻了一个洞。劳拉站在外面，拉一下从这个洞里伸出来的绳子，门就可以被打开了。

门做好了，不仅牢固，还很结实。那条门闩绳子就放在门的外面，如果想进来就可以拉动绳子，假如你在房间里，不想让其他人进来，你可以把绳子收起来，把门闩插好，这样其他人就进不来了。这块门板上没有门牌号码，也没有钥匙扣，根本无需钥匙，但它确实是一扇很好用的门。

爸开心地说："今天的活儿，我很满意，劳拉，谢谢你帮忙！"

于是，爸张开了双臂，抱了抱劳拉，然后，他又收拾好工具，把它们放在了一个安全的地方。爸吹着口哨，为帕蒂和佩特解开了拴马索，带着它们来到了溪水边喝水。

此时，太阳落下，风有些凉意了。妈正在做饭，劳拉

觉得今天的饭菜格外香甜。

妈还为晚餐准备了熏肉,这也是最后一块熏肉了,第二天,爸又要出去打猎了。在第三天,爸和劳拉为马厩也做了一扇牢固的门。

那个门和他们的房门大致相同,却没有门闩。佩特和帕蒂不会打开门闩,所以它们也不知道如何拉开门闩绳子。于是,爸在门板上钻了一个孔,里面穿了一条铁链,以此来替代门闩。

晚上,爸会把铁链的一端从墙壁的缝隙中穿过来,并把它与门上穿过来的另一端锁在一起,爸终于安心了,谁也不可能随意进入那个马厩了。

"现在,我们可以收工了!"爸说道,在邻居越来越多的时候,他们很有必要在晚上的时候为马厩增添一把锁,毕竟野鹿聚集的地方,就是狼多的地方。草原上有马匹的时候,就是贼最多的时候。

那天晚上,大家聚在一起吃晚餐,爸对妈说:"卡洛琳,我去给爱德华建造房屋之前,还是先给你建一个好用一点的壁炉吧!那时候,你就可以在家里做饭吃了,也不用再忍受风吹日晒了。这里虽然温暖,阳光也很好,但是,这里还会有刮风下雨的时候。"

妈感慨道:"查尔斯,世界上任何地方不可能一直都是好天气啊!"

装上了壁炉

爸在房屋外，把门对面木墙下面的一块草地清理得干干净净，然后，他还把地面刮得很平整，打算在这里修建一个壁炉。之后，妈又把马车厢搬到了马车上，爸为马儿套上了马车。

太阳出来了，驱散了所有的乌云。草丛间，成千上万只云雀飞了起来，在天空中自由自在地唱着歌。云雀的歌声嘹亮，从晴朗的天空中洒落下来，如同一阵阵音乐雨。在辽阔的原野上，所有的草都如同波浪翻滚，在风中微微

低语。小美洲雀站在花丛中,唱着美妙的歌曲,真是千变万化,无限美好啊!

佩特和帕蒂迎风而立,快乐地嘶鸣。它们甩着脖子,用脚刨着地,好像很着急地想出去走走。爸吹着口哨,爬上了马车,握着缰绳。爸看到了劳拉,劳拉也看了看爸,于是,爸不再吹口哨:"劳拉、玛丽,你们想跟着我一起出去看看吗?"

妈同意了爸的请求,于是,两个女孩爬上了马车,用小小的手握紧了两边的护栏,坐在了马车高高的座位上。佩特和帕蒂一蹦一跳地往前走去,马车沿着之前的车印摇摆着向前行驶。

他们先是来到了一片红黄色土壁,这些光秃秃的土壁早已被雨水冲刷得高低不平,处处是沧桑的褶皱。

他们继续前行,穿越了一片崎岖的洼地,在那低矮的山丘上,露出一块块空地,上面有草儿飞扬。大树下,有许多鹿儿,它们正在阳光下玩耍,或是悠然自得地吃着青草,或是躺下来休息,有一些鹿儿抬起头来,竖起耳朵,瞪大圆圆的双眼,温顺地看着马车。

这一路走来,到处都盛开着美丽的飞燕草,粉色、白色、蓝色的花朵甚是好看。鸟儿们飞越其中,蝴蝶们也来凑热闹,星星点点的雏菊花为绿意朦胧的树荫铺上了一抹

草原上的小木屋
Little House on the Prairie

美好的色彩，松鼠在树干之间来回追逐、打闹，白尾巴的小兔子也蹦蹦跳跳，草丛里的蛇听到了马车的声音，立刻往草丛深处钻去。

峡谷深处，一条小溪缓缓而流，溪流中倒映了峭壁的身影。劳拉抬起头来，看了看这些陡峭的峭壁，她竟然看不到上面的草丛。崖壁上有一些泥土崩塌的地方，生长着一些树木，在陡峭的岩壁上，一些灌木丛顽强地生长着。劳拉抬起头来，正好看到灌木丛那半裸露的根部。

劳拉好奇地问："爸，印第安人的营地呢？"

其实，爸在这峭壁上，曾经看到过印第安人废弃的营地，但是，他实在没有时间带两个女孩去瞧一瞧，因为他要找到足够多的石块去搭建壁炉。

于是，爸嘱咐道："你们可以在附近玩耍，但是，绝对不能离开我的视线，也不要下水，不能和小蛇玩，因为它们都是有剧毒的哦！"

劳拉和玛丽只好沿着溪流边玩耍，爸就在一旁的空地上找着石块，然后，他把它们搬上了马车。

在如同镜子般的水面上，两个女孩发现了许多长腿的水蝎子在滑来滑去。她们沿着溪岸奔跑，去惊吓那些穿着绿背心、白色肚兜的青蛙，果然，它们被吓得"扑通、扑通"地跳进了水中。看到这样的场景，两个女孩开心得大

笑起来。后来，她们还看到了林鸽在树林里呼唤朋友，棕色的画眉鸟婉转啼鸣。波光粼粼的溪水中，鲦鱼正在畅快地游泳，在潺潺流水间，这些鲦鱼如同灰白色的影子，在太阳的照射下，它们银白色的腹部闪烁着光芒。

　　溪流上没有风，空气也似乎静止了，阳光让人昏然想睡。空气中飘荡着潮湿的味道，那是草根与泥土所散发的清香。这里的声音是那么美妙，树叶沙沙与溪流潺潺流动的声音，相互对应而歌。

　　泥泞的地方，到处是鹿儿的脚印，每个蹄印里都是满满的积水，一群蚊子在不知疲倦地飞舞着。劳拉和玛丽一直拍打着她们的脸、脖子、手、脚，真是太热了，溪流里的水看上去是那么凉爽。劳拉想，把一只脚伸到水中应该没什么问题，当她几乎就这样做了的时候，爸刚刚好转身看到了。

　　爸责备地喊道："劳拉！"于是，淘气的劳拉只好缩回了自己的脚。

　　爸接着说："假如你们真的想凉爽一下，可以在浅水区踩踩，但是不要没过脚踝。"玛丽在水里泡了一会儿脚，没过一会儿，她就喊叫道，说水里的砂石弄得她的脚生疼，她只好坐在了圆木上，拍打着蚊子。一旁的劳拉也在泡着脚，拍打着蚊子，因为溪流里的砂石弄得她的脚也很不舒服。当她把脚泡在水中的时候，游来了一群小小的鲦鱼，它们用小小的嘴巴轻轻地咬着她的脚趾头，那种感觉痒痒的，非常有趣。劳拉试着去抓住那些可爱的小鲦鱼，却没有一次成功，她的裙子下摆却湿透了。

马车上装了满满一车厢的石头，爸对着孩子们喊道："玛丽、劳拉，该走了！"于是，她们赶紧爬上了马车，离开了刚刚玩耍的小溪。他们驾着马车穿越了小树林和小山丘，来到了一片大草原上，当风吹过，草丛似乎一会儿在唱歌，一会儿又在低声耳语，一会儿又在哈哈大笑。

虽然劳拉在溪流边玩得很开心，但是，劳拉还是更喜欢大草原一些。因为大草原是那么辽阔、干净、清新。

下午的时候，妈坐在房屋旁边的荫凉处缝补衣物，卡莉在地上的被子上玩耍，劳拉和玛丽却在津津有味地看着爸砌壁炉。

爸先将一个给马喂水的桶里装满了水与泥土，把它们搅拌成粘稠的泥灰，他让劳拉帮忙一起搅拌。爸在扫出来的空地上，围着墙壁的三面摆满了一排排石块。然后，他用木板在石块上涂了一层粘稠的泥灰，又在这些稀泥上放置了一层石块，最后，爸把挨在一起的石块里层外层都涂满了泥灰。

爸就用这样的方式，在一块空地上做了一个类似于

小木屋的故事
Little House Books

箱子的东西，它三面都是石块，仅仅有一面是房屋的木头墙壁。

爸用这些石块和泥灰把炉壁建得和劳拉的下巴几乎一样高，然后，他在靠近房屋的地方放了一根圆木，并在上面涂抹了一层泥灰。

爸又在圆木上面放置了许多石块，并涂抹了一些石灰泥。爸又要做烟囱了，越往上，烟囱的口就越小。

爸只好跑到了溪流边，又取回来了一些石块，这次，劳拉和玛丽无法跟着爸一起过去了，妈说外面的空气太潮湿了，会使孩子们生病的。于是，玛丽坐在了妈的身边，为自己拼布的被子又缝上了一块布，劳拉一个人站在桶前面，用力地搅拌着泥灰。

直到第二天的时候，爸竟把烟囱和房屋的墙壁建得高矮差不多了，他站在一边望着烟囱，得意地用手指捋了捋头发。

妈责怪道："查尔斯，你看起来就像是一个野人，把头发抓得都立起来了！"

爸却说："是啊，卡洛琳，现在它们真的立起来了，想当年我追求你的时候，不管用多少熊油，想让它们乖乖地趴下，它们都不肯啊！"

说完，爸躺在了妈脚下的草地上，他舒展开身体，说

草原上的小木屋
Little House on the Prairie

道:"把那些石头搬上去的时候,真的要累坏我了!"

妈称赞他说:"你一个人就把烟囱建得这样高,真是棒极了!"说完,妈用手捋了捋爸的头发,没想到,它们竖立得更加笔直了。

"其实,你可以用树枝和泥灰做上面那一截烟囱的,你说呢?"

"你说的这种方法更简单一些,我当然会这样做的。"爸回应道。

于是,爸一跳而起,准备干活了。妈却阻止道:"不如你还是躺在这里休息一会儿吧,这里多凉爽啊!"爸摇摇头说:"懒洋洋地躺在这里休息可不行啊,卡洛琳,我早一天建好壁炉,你就可以在家里做饭了,我不想让你再忍受外面的风雨。"

爸拿了一些树枝,砍成长短不一的木棍,并挖出来凹槽。然后,他像建造房屋一样,把木棍搭在石块砌成的烟囱上。爸一边垒着木棍,一边抹着泥灰,不一会儿,烟囱就被建造好了。

爸走进了房屋里,用斧头和锯子把烟囱底部与房屋相连的一侧挖了一个洞,就形成了一个壁炉。这个壁炉的大小,甚至可以容下劳拉、玛丽和卡莉。壁炉的下方已经被爸清扫干净了,它的顶端是糊满了泥灰的木棍。

小木屋的故事
Little House Books

在壁炉洞的两边，爸也放了厚厚的木板，这样，圆木尖锐的那一端才不会刺伤人。在壁炉上端的两只角上，爸又钉了两块垂直的橡木，他又找了一块橡木板放置在了上面，形成了一个小小的壁炉架。

爸刚刚把壁炉架搭好，妈便拿出来一个陶瓷牧羊女，放在了架子上，这个陶瓷牧羊女是妈从森林里带来的，虽然一路颠簸，它却完好无损。陶瓷牧羊女全身上下都是陶瓷做的，那鞋子、衣服还有胸衣，包括粉红色的脸颊、蓝色的眼睛、金黄色的头发等等，也都是陶瓷做成的。

爸妈和劳拉、玛丽站在一边，安静地欣赏着崭新的壁炉。

唯有小卡莉似乎一点也没有兴趣，她指着陶瓷牧羊女，哇哇地叫着想拿着玩，劳拉和玛丽告诉她，除了妈，任何人都不能碰触那个陶瓷牧羊女。

"卡洛琳，烧火的时候，可要留神啊！"爸嘱咐道，"记住可不能把火星蹿到烟囱上，点燃了屋顶，毕竟帆布篷还是很容易被点燃的。等我再回来的时候，就会砍一些木材来做屋顶，这样，你就不用担心了。"妈只好在壁炉里升起一堆小火，并烤了一只香嫩的松鸡。那天晚上，他们是第一次坐在屋里吃晚餐。

他们坐在西边的桌子上吃饭的时候，旁边就是一个很大的窗户。这个桌子是爸用两块橡木板做出来的,桌面的一端被插在了墙壁上的缝隙里,另一端则被圆木支撑起来。爸用斧头把木板砍得平平的,妈在上面铺了一张干净的布,一张实用的餐桌就此备好了。

家里所有的椅子都是圆木墩儿。地面是泥土的,不过妈已经用柳条扫把把地面打扫得干干净净。他们的床铺在屋的一角,上面铺着拼布的被褥,显得那么干净、整洁。一束夕阳的余晖从窗口照射进来,屋子里洒满了温暖的金色光芒。

屋外,一直到遥远的天际,风好像一直吹得很凶猛,草丛也随之不停地摆动着。

但是,房屋里的感觉却很温馨愉悦,劳拉感觉嘴巴里的烤松鸡肉真是多汁美味,吃饭之前,她已经清洗过了双手和脸,头发也被打理得很整齐,还在脖子上围了一条餐巾。她端端正正地坐在了圆木墩儿上面,用正确而又优雅的姿势使用着刀叉。她一直很沉默,除非大人提问,否则,孩子在吃饭的时候是不允许说话的。

她抬起头来看着爸妈,她觉得很满足,生活也开始慢慢变好了,又住在了小木屋里,感觉真好啊!

为房子装上了屋顶和地板

以后的每一天,劳拉和玛丽也忙碌得很。餐具被清洗好了,床铺被整理好了,她们还有许多事情需要做,很多东西需要看,各种声音去聆听。

在高高的草丛间,她们寻找着鸟窝,找到以后,鸟妈妈就会在一旁拼命地叫,似乎在抗议她们的行为。偶尔,她们会轻轻地碰触一下鸟窝,毛茸茸的小鸟就会张大尖尖的嘴巴,叫起来,鸟妈妈也会很凶地叫着。劳拉和玛丽见此,只好偷偷地溜走了,毕竟她们不愿意让鸟妈妈担心孩子。

草原上的小木屋
Little House on the Prairie

偶尔，她们也会像老鼠一样，安静地趴在茂密的丛林中，看着小松鸡围绕着妈妈，奔跑或者啄食，鸡妈妈一身褐色的羽毛，无比光滑、闪亮，总喜欢焦急地咯咯直叫。就在这草丛中，她们甚至还可以看到带着条纹的蛇在不停地穿行，或者安静地待在原地，只有那吞吐的舌头和眨巴的眼睛，还可以看出这是活着的。它们其实是吊带蛇，根本不会伤害到人类。但是，劳拉和玛丽依旧离它远远的，妈交代过她们，不要碰蛇，因为它们会咬人的，要注意安全，否则后悔就来不及了。

偶尔，她们会看见一只灰兔子蹲在草丛里纹丝不动，在她们几乎碰触到这只兔子的时候，它才蹦蹦跳跳地离开了。假如你保持安静，倒是可以站在那里，长时间地看着它。它那双圆溜溜的眼睛也会盯着你看上很久，它的眼神是那么单纯，三瓣嘴巴一直蠕动着，阳光下，那双粉红色的耳朵闪烁着玫粉色的光芒。你可以看清上面纤细的血管，耳缘上还有短短的细小绒毛。它身上的毛看上去是那么柔软、浓密，就这样看着，真的会控制不住自己想去摸摸它。

但是，还未等你摸到它，它却一闪而过。在它刚刚蹲着的地方，草已经被压平了，那里，似乎还可以感到它的体温。

劳拉和玛丽还有一个最重要的任务——看好卡莉，所以只有在她睡午觉的时候，她们才可以跑出来玩一会儿。她们喜欢坐在一起晒太阳，享受阳光的沐浴以及微风的清爽。偶尔，劳拉会忘记卡莉正在午休呢，她一下子蹦跳起来，大声地喊叫，妈就会走到门口，责备她说："天哪，劳拉，你为什么要学印第安人那么大声说话呢？"有时候，妈还会这样说："你们马上就要跟印第安人一样黑了，我不是已经说过了吗？把太阳帽戴上！"爸站在墙壁上，正打算盖屋顶，他四下里看着妻子和女儿，突然大笑不止。

爸愉快地唱到："一个小小的印第安人，两个，三个。不，不是这样的，只有两个。"

玛丽却说："有第三个啊，你的皮肤也被晒黑了。"

劳拉打趣道："不过，你可不是小小的印第安人，爸，我还是想看一看'帕普斯'。"

妈喊道："天哪！你还在挂念着印第安人的小婴儿啊，好吧，你立刻把遮阳帽戴上，然后忘记那件毫无意义的事情。"

劳拉的遮阳帽就在背上，于是，她扯过来帽带把帽子戴好了，遮阳帽的的边缘正好挡住了她的脸颊。她仅仅可以看清楚正前方的一些事物，劳拉并不喜欢那样的感觉，于是，她总是把帽子扣在背后。这一次，她按照妈说的做

草原上的小木屋

Little House on the Prairie

了，但是她却无法忘记自己念念不忘的"帕普斯"。

劳拉真的很奇怪，这里明明是印第安人的故土，为什么竟然没有一个印第安人呢？她知道，总有一天他们会看到印第安人的，爸也是这样告诉她的，但她不喜欢这样漫长的等待。

爸把房屋顶上的马车帆布给拿掉了，他打算建造一个真正的屋顶。于是，这几日，爸开始从溪洼地运来许多木头，把它们劈成一片片木板——它们是那么长，而且很薄。房屋的周围是一堆堆的木板，依靠在墙壁上。

爸喊道："快点，卡洛琳，你到屋外面去吧，我可不想再有东西掉在你和卡莉身上啊！"

妈却说："啊！查尔斯，等我一会儿，我要把陶瓷牧羊女收好。"过了一会儿，妈抱着一床被褥、缝制的衣服和卡莉出来了。她把被子铺在了马厩一旁，那里恰巧有一块干净的草地，她就一边缝缝补补，一边照顾着卡莉。

爸把一块木板拉了上去，放在屋顶缘架的最下边，并且让木板的边缘伸出到墙壁之外。最后，爸拿出含在嘴巴里的钉子和别在腰间的锤子，他把木板钉在了椽子上。

爸使用的钉子是找爱德华先生借的，当时，他们都在森林里伐木，爱德华先生坚持说要送一些钉子给他，以备

爸钉屋顶的时候所需。

爸向妈夸奖爱德华先生说:"这就是一个好的邻居!"

妈点点头:"是啊!但是,我最怕欠人家人情,哪怕他是一个好人,一个好的邻居。"

爸说:"我也是,之前我从未欠过谁什么,以后也不想欠其他人什么。但是邻居之间好像有所不同,下次我去一趟独立镇,肯定会还给他所有的钉子。"

爸从嘴巴里把小钉子一根一根地取了出来,他挥舞着锤子,把这些钉子小心翼翼地钉进了木板里。这可比在木板上钻洞,或者削出木钉要快多了。但是有时候,爸的钉子会从坚硬的橡木旁边滑出来,如果爸没有握好钉子,它就会一下子甩到空中。

玛丽和劳拉一直在旁边,一旦看到钉子飞下来,她们就会跑到草地上找钉子。有些钉子弯曲了,爸就会把它们敲直,他可不舍得浪费任何一颗钉子。

待他钉好了钉子,他就蹲在上面,把木板一块块地放好,并且钉好,就这样一直钉到缘架的顶端。每块木板的边缘都与下面那块木板的边缘相互压着。

然后,爸又开始盖另一端的屋顶了,他把木板从下至上,一直钉到了缘架的顶端。两边木板相连接的地方就会有一道缝隙,他用两块木板做了一个槽,把这个槽翻滚过来，把钉子钉在了这条窄缝上。

屋顶就这样被做好了，房屋似乎比之前暗淡了许多，毕竟头上方的木板不可能透出来阳光，当然，它也会防止雨水漏下来。

妈赞赏地看着爸说："查尔斯，太棒了！这可是一个大工程啊，真是感谢你为我们建造了这样牢固的屋顶。"

爸却说："这都是应该的，还有家具呢，我会尽力而为的。等地板铺好以后，我还得做床架呢！"

于是，爸又开始拉木头了，就这样，一天又一天过去了，爸即使去打猎，也不会忘记拉回来木头。他的枪就在马车的后面，当他回来的时候，车厢里除了木头还会有一些捕获的猎物。待铺地板所需要的木头都被拉回来了，爸又忙着劈木头了，他把每一根圆木都小心翼翼地劈好。此时，劳拉就坐在木材堆上看着爸的一举一动。

爸会先用那把锋利的斧头把粗大的那一端劈开一条裂缝，又用铁楔子把薄的一端塞进缝隙中。然后，爸又取下来斧头，把铁楔子一点点地敲了下去，如此一来，缝隙就越来越大了。爸就靠着智慧，对付了那块坚硬的橡木。

然后，爸高高地举起来斧头，他胸腔里会发出"嘿"地一声，用力地把斧头砍了下来，斧头每次都会落到爸想

要它落下的地方。

在一声破碎的声音中，木头被劈成了两半，躺在了地上。木头里露出来了白色的树芯，以及颜色稍微深一些的纹理。爸抹掉头上的汗，又去劈另外一根圆木。

最终，爸劈开了身边所有的圆木。第二天的时候，爸开始铺地板了，他先把这些劈好的圆木一块块地拖到屋子里面，并且摆放整齐。然后，他还使用铲子在每一根木头的下面挖一条沟槽，不仅如此，爸还会小心翼翼地削掉木头边缘的树皮，把木头修理得又挺又直，这样，圆木就可以一根根地紧紧贴在一起了，中间几乎没有任何缝隙。

接着，爸握紧了斧头，认认真真地修理起木头的表面。他眯上一只眼睛，检查木头是否平直。后来，他用手在光滑的木头上摸了一摸，满意地点了点头。

爸说："真好啊，一根刺都没有了，就算咱们光脚踩在上面，也不会受伤！"

当他把木头铺得稳妥之后，又拖过来了一根木头。就这样，爸快要把木头地板铺到壁炉边上了，他又改用了一些短的圆木。不仅如此，爸还在壁炉前面留下一块空地，以免壁炉内的火星溅到地板上，点燃整个地板。

没想到，爸仅仅用了一天的时间，就把地板全部铺好了。这块地板看上去平滑又结实，爸说结实的橡木地板可

草原上的小木屋
Little House on the Prairie

以用很久。

"半圆橡木地板可是全世界最好的地板啊!"爸说,妈也很开心,说自己再也不用在泥地上踩来踩去了。然后,妈重新把陶瓷牧羊女放在了壁炉的架子上,为了防灰尘,她还在桌子上铺了红格子桌布。

妈开心地说道:"现在终于好了,我们可以活得现代一些了。"

当爸铺好地板以后,他又开始修补墙壁上的缝隙,他先是拿了一些小木块塞进了那些缝隙里,然后,他又用那些泥灰填满了每一处缝隙。

妈高兴地说:"这下好了,不管外面刮多大的风,也刮不到咱们屋里来了。"

爸不再吹口哨,他微笑地看了妈一眼。于是,爸把最后一点泥灰补好了墙壁上最后一道缝隙,他放下手中的水桶。小木屋终于完全建好了。

爸高兴地拍了拍手:"真是期待有几块玻璃来装窗户!"

"可是,我们并不太需要玻璃啊,查尔斯。"妈说道。

"其实也没有浪费多少时间,如果这个冬天我捕捉的猎物足够多的话,等明年春天的时候,我就可以卖掉一些,换一些玻璃,我不在乎那些玻璃到底值多少钱。"爸说道。

"好吧，如果可以买得起玻璃，倒也是不错的选择呢，到时候再说吧！"妈说道。

那天晚上，他们过得很开心，壁炉里的火温暖极了。草原上夏天的夜晚也是很凉的，桌子上铺了一张红格子餐桌布，以及那尊陶瓷牧羊女像，无不闪烁着光芒。

在炉火的照耀下，崭新的地板泛着金色的光芒，屋子外面，夜空如此静谧，星光闪烁。爸拉着小提琴，在门边坐了许久，他正在为妈、劳拉、玛丽还有卡莉唱歌。

印第安人来到了家里

一天早晨，爸带着猎枪出门了，他本来打算做床架的，可是妈却说没有食物做晚饭了，于是爸放下了木板，取下了猎枪。

杰克用可怜巴巴的眼神望着爸，喉咙里发出祈求的哀鸣声。劳拉觉得它可怜极了，可是爸却不为所动，边用一根铁链拴住它边说：

"哦，杰克，你得在家照顾孩子们。"然后转身对劳拉和玛丽说，"孩子们，别放开它。"

杰克沮丧地躺在地上，被套上链子，对它而言可是一件丢脸的事情，它转过头去，不看爸，直到爸提枪的身影淹没在茂盛的野草里。

劳拉试图安慰沮丧的杰克，试图跟它一起玩或者扮鬼脸逗它，可是杰克始终闷闷不乐。

劳拉和玛丽舍不得离开伤心的杰克，所以，整个早晨，她们都待在马厩里，帮杰克梳理毛发，挠挠耳朵，并对它被铁链绑起来表示同情。杰克只是轻轻地舔了舔她们的手掌，表示感谢。

杰克还在伤心，它把头靠在劳拉的腿上，听劳拉说着话。突然，杰克站了起来，红着眼睛，它发出了阵阵凶猛的叫声。

劳拉被吓了一跳，杰克从来没这样吼叫过。她顺着杰克的吼叫声看过去，看到了两个基本算光着身子的野人，他们正一前一后顺着印第安人走过的小路走来。

"玛丽，快看！"劳拉叫过玛丽，一起看那两个人。他们高高的个子，非常瘦，表情很凶狠，皮肤是红棕色的，头上插着羽毛。他们的眼睛是黑色的，眼珠一动不动，有点像蛇的眼睛。

他们越走越近，然后消失在房屋的一端。劳拉转过头盯着他们看，玛丽也转过头盯着他们看，她们以为印第安人会绕过木屋，再次出现。

"印第安人！"玛丽低声说，劳拉浑身发抖，脚都软了，她一直盯着房子的另一端，等着他们从那边走出来，她们等了很久，可是他们没有出来。

杰克开始不停地狂叫，后来，它试图挣脱链子，它背上的毛已经全部立了起来，它不停地跳啊，叫啊，想要挣脱链子。

"有杰克呢，不可能有人会伤害到我们的。"劳拉安慰玛丽道。

"他们到我们的房子里去了，妈和小卡莉还在屋子里呢！"玛丽低声说。

劳拉担心得浑身发抖，她不知道印第安人会对妈和卡莉怎样，屋子里一直也没有声音。

"天哪，他们不会伤害妈吧！"劳拉低声叫道。

"我也不知道！"玛丽回答。

"不如把杰克放了，去咬死他们吧！"劳拉声音发抖了。

"爸说了，我们不能那么做！"玛丽回答，两个孩子吓得不敢大声说话，她们摒住呼吸注视着小屋，两个小脑袋看起来是那么脆弱。

"可是，爸那时并不知道印第安人会来啊！"劳拉说。

"但是爸也说了，不能放开杰克。"玛丽要哭了。

劳拉鼓足勇气说道："我要去帮助妈！"她跑了两步，又转身回到杰克身边，紧紧抱住它，只有杰克才可以让她觉得安全。

"我们不能让妈一个人待在屋子里。"玛丽低声说，但是身体却吓得无法动弹。劳拉松开杰克，握紧了拳头，深吸一口气，朝着房子飞快跑去。

她被什么东西绊了一下，摔倒了，她顾不上这些，起身又向前奔跑。玛丽跟在劳拉身后，两个孩子悄无声息地溜进屋。

那两个印第安人站在壁炉旁边，妈正弯腰在火上煮东西。卡莉吓得把头埋进妈的裙褶里。劳拉还没跑到妈身边，就闻到一股难闻的气味。劳拉抬起头看了看这两位不速之客，然后快速地躲到靠墙的一块木板后面。

这块木板刚好能挡住劳拉的眼睛，她觉得看不到他们就安全多了。但是，劳拉还是忍不住地歪着头，露出一只眼睛看那两个印第安人。

他们脚上穿着鹿皮靴，腿上红棕色的筋骨凸起着，他们腰间绑着一根皮带，皮带上吊着一条黑白相间的动物皮毛。劳拉终于知道刚才臭味的来源了，这些皮毛是新鲜的臭鼬皮！臭鼬皮里插着猎刀和短柄斧，跟爸的一模一样。

草原上的小木屋
Little House on the Prairie

他们的肋骨明显突出,双手交叉胸前,劳拉迅速地看了他们的脸一下,然后缩回到了木板的后面。

他们的脸轮廓鲜明,表情看上去很可怕,黑色的眼睛像是在发光,只有头顶有一束头发,还插了一簇羽毛。

劳拉再次从木板后面偷看,却发现两个印第安人也正盯着她。一瞬间,劳拉吓得呼吸都停止了,心跳加速。那两个印第安人却面无表情,只是用黑色发亮的眼睛望着劳拉,劳拉吓得动都不敢动。

一个印第安人从他的喉咙里发出了两声短促而刺耳的声音,另外一个印第安人说出了一个像"哈"的单词,劳拉再一次把眼睛藏到了木板后面。

劳拉听到妈掀开锅盖,两个印第安人蹲了下来,开始吃东西。

劳拉伸出头,又缩了回去,然后又伸出来。他们正吃着妈做的玉米面包呢,连掉在炉边的面包屑也捡起来吃了。妈抚摸着卡莉的头,静静地看着。玛丽拉着妈的衣袖,躲在妈身后。

劳拉隐约听到杰克的链子发出的声音,看来杰克仍然没有放弃摆脱链子的尝试。

两个印第安人吃完了最后一点面包屑,站起身要走,其中一个印第安人喉咙发出一个嘶哑奇怪的声音,然后穿

107

过屋子向门外走去。他们走路的时候，没有一点声音。妈张大眼睛，什么都没说。

妈长长地松了一口气，她两只手紧紧抱着劳拉和玛丽，她在发抖，像是生病了。她们看到印第安人一前一后地离开了，向着西边走去了。妈坐在了床边，似乎把劳拉和玛丽抱得更紧了，也颤抖得更加厉害了。

"你身体不舒服吗，妈？"劳拉问。

妈回答道："不是，我很好，我很高兴他们终于走了。"

劳拉皱着眉头说，"他们身上的味道，真的太臭了。"

"那是他们穿的臭鼬皮衣服的味道。"妈回答说。

然后两个孩子给妈讲述了她们是如何把杰克留在马厩，如何冲进房子来，如何担心妈和卡莉的。妈夸她们是勇敢的孩子。

"爸就要回来了，咱们该做晚饭了，等待他回来一起吃。劳拉，你去摆桌子，玛丽去取些干柴进来。"妈说。

妈卷起了袖子开始和玉米粉。两个孩子也听话地帮忙。劳拉为爸妈摆好了盘子、刀叉和杯子，还摆好了卡莉的小杯子，然后为自己和玛丽摆好了盘子和刀叉，并将两个人公用的杯子放在了餐具中间。

妈用玉米面和水做成了两条细长的面包卷，然后放进烤箱用手压了压。爸总说面包卷上压了妈的手印，就不需要加糖了。

劳拉的桌子还没摆完,爸就回来了,他带回来一只大野兔和两只松鸡。劳拉和玛丽跑了过去,围着爸就开始叽叽喳喳地说了起来。

"怎么了,你们见过印第安人了?我看到他们在西边的山谷里扎营。印第安人进屋了吗,卡洛琳?"

"是的,查尔斯。来了两个人,我很抱歉,他们拿走了你所有的烟草,还吃了很多玉米面包。他们让我给做吃的,我很害怕,噢,查尔斯,我当时真害怕啊!"

"你做得对,卡洛琳,我们不能和这些印第安人为敌。"然后爸突然叫起来,"什么味道这么难闻?"

"他们穿着刚剥下来的臭鼬皮衣服,全身就穿那么点东西。"妈回答。

"他们在这儿的时候,味道更难闻吧?"爸说。

"是的,查尔斯,咱们的玉米面也所剩无几了。"

"哦,不要紧的,这个地方到处是跑着的小动物,那些可都是咱们的食物,所以别担心。"

"不幸的是,他们拿走了你的烟草。"

"没关系的,烟草还可以再去独立镇买。重要的是不要惹恼印第安人,我可不想半夜醒来被一群魔鬼般的人物围着,我最受不了他们的叫声……"

然后爸没有继续说下去，因为妈对他摇了摇头。妈不想让孩子们听到那些可怕的事情。

"来，劳拉和玛丽！"爸说，"咱们去给兔子剥皮，给松鸡拔毛吧！我快要饿死了，像一匹饿极了的狼！"

在夕阳的余晖和温柔的晚风中，劳拉和玛丽坐在木柴堆上，看着爸挥舞着猎刀收拾猎物。兔子被打中了眼睛，野鸡的整个头被打没了，爸说，它们真可怜，永远不知道自己是被什么打中的。

爸把兔子剥了皮，说道："我要用盐来渍下这张兔皮，然后挂在墙上晾干。下个冬天，就可以给你们做暖和的帽子啦。"

劳拉还是对印第安人的事情念念不忘，对爸说如果放出杰克，它肯定会吃掉那两个印第安人。

爸放下手中的刀："你们想过要放开杰克？"他的声音有些吓人。

劳拉低下头小声说，"是的，爸。"

"还记得我告诉过你们的话吗？"爸的语气更吓人了。

劳拉不说话了，玛丽哽咽着说："记得。"爸沉默了一会儿，然后长长地松了口气，跟妈看到印第安人离开时候一样。

"从今以后，你们一定要按照我说的话做，听到了吗？"爸大声说。

"听到了，爸。"两个孩子异口同声地说。

"你们知道松开杰克之后会发生什么吗？"爸问道。

"不知道，爸。"劳拉和玛丽摇摇头。

"它会去咬那两个印第安人。"爸说，"那咱们就会惹大麻烦了。懂么？"

"懂了，爸。"其实她们还是不懂。

"他们会杀死杰克吗？"劳拉问。

"不仅仅是杰克，也许你们也会受伤。所以，你们要记住，不管发生什么，都要按照爸的话去做。"

终于有清水了

爸终于做好了床架。

爸把几块橡树木板打磨得很平整,然后钉成了一个箱子,它上面可以放床垫。在箱子下面,拉了一根绳子,来来回回拉紧。

在屋子的一角,爸把床架的相邻两边紧紧地钉在墙上,只有一角不靠墙。在床的这个角,爸竖了一块很高的木板,把它钉到床架上。他尽量抬起手,在这块高高的木板顶端和墙壁之间钉上两根木条。然后爸爬到木条顶端,

草原上的小木屋
Little House on the Prairie

把高高的木板顶端牢牢地钉在屋顶的一根橡木上。最后他在床上方横着的橡木上放置了一块隔板。

"做好了，卡洛琳！"爸喊道。

"来来来，帮我把床垫拿进来，我等不及想看看它铺好的样子！"妈说道。

妈上午就做好了床垫的内芯，没有麦秆，妈就用干燥的枯草来代替。经过阳光的照射，它们散发出甜甜的青草香。妈和爸把草垫抱了进来，放在床架上。然后妈铺上了床单，拿出了最漂亮的被子，还放了两个鹅毛填充的枕头，盖上了绣着两只小鸟的枕巾。

劳拉和玛丽站在一旁欣赏着这张新床，这可比睡在地上舒服多啦！

看看，散发着清新味道的干草床垫，温暖漂亮的被子和枕巾，床顶上还有隔板可以放东西，这张床让整个屋子都显得温馨极了。

当天晚上，妈睡在床上，对爸说："睡在这么舒服的床上，简直是一种罪过。"

劳拉和玛丽的小床爸也很快做好了，后来爸还做了一个碗柜，用锁锁起来，这样，印第安人再来的话，就无法带走全部的食物了。爸打算再挖一口井，这个家就差不多了。

挖一口井之后，就不用去溪边打水了。

第二天早上，爸在离房子不远的草地上画了一个大圈，然后铲掉圈中的草皮，接着开始挖下面的土。

爸挖井的时候，劳拉和玛丽是不允许靠近的。井越挖越深，最后爸的头都看不到了，只看到一铲一铲的土从井里飞出来，最后爸也抓着草皮跳了出来，再深点的话，爸就跳不上来了。

爸需要找人帮忙了，于是他带上枪，骑着帕蒂就走了。回来的时候，爸手里提着一只野兔，还告诉大家斯科特先生会过来帮忙挖井，然后爸再去帮斯科特先生挖井。

妈和孩子们都没见过斯科特夫妇，他们住在一个峡谷里，劳拉只见过那边有炊烟升起。

第二天，太阳还没升起，斯科特先生就来了。他长得不高但是很强壮，皮肤晒得通红，正在脱皮。

"这该死的太阳和大风啊，请原谅我说粗话，我再这样脱皮下去，就快变成一条蛇了。"

劳拉很喜欢斯科特先生。每天早上她洗完餐具，叠好被子，就跑过去看斯科特先生和爸挖井。阳光温暖，温热的空气中翻滚着青草的芳香，玛丽喜欢待在家里做拼布被子，而劳拉却喜欢阳光和风，所以她整天都围着井转来转去。

爸和斯科特先生做了一个辘轳，辘轳的绳子两端各系一个桶，一个桶下来，另一个桶就上去。每天上午，斯科特先生在井底挖土，爸则负责把桶拉上来，倒出里面的泥土，吃过午饭，爸和斯科特先生就会互换分工。

每天早上，爸会在桶里点上一根蜡烛，然后放到井底，劳拉有次偷看，发现蜡烛在井底还是亮着的。

然后爸会说，"可以了。"然后把桶拉上来。

"英格斯，这是多此一举，昨天还是好好的呢。"斯科特先生说。

"防患于未然啊，小心驶得万年船。"爸回答。

劳拉也不清楚爸用蜡烛防患什么未然，爸和斯科特先生太忙了，她来不及问。

一天早上，斯科特先生照例过来了，远远喊道，"嘿，英格斯，太阳出来了，咱们开始吧！"爸喝掉最后一口咖啡，然后出去了。

辘轳转了起来，爸吹着口哨，劳拉和玛丽清洗餐具，妈整理床铺。

突然，爸的口哨声戛然而止，"斯科特，斯科特，"爸大喊道，"卡洛琳，快来啊！"

妈冲出了房子，劳拉紧紧地跟在了后面。

"斯科特在井底晕倒了，"爸说，"我得下去看看。"

"你今天用蜡烛试过了吗？"妈问。

"没有，我以为斯科特放过了。我问下面好吗，他回答还好。"爸把绳子系在身上。

"查尔斯，你不能下去。"妈说。

"卡洛琳，我不得不下去。"

"不，查尔斯，太危险了！"

"我会摒住呼吸，我们不能让斯科特死在下面。"

"劳拉，退后！"妈严厉地说，劳拉赶紧后退。

"不，查尔斯，你可以去叫人来帮忙！"

"来不及了。"

"不，查尔斯，你倒在下面，我可真拉不上来啊！"

"卡洛琳，我必须下去。"爸说完顺着绳子不见了。

妈弯下腰，凝神往井底看。

草原上，云雀欢快地歌唱着，风也温柔地吹着，可是劳拉却浑身发冷。

突然，妈跳了起来，抓住辘轳的手柄，用尽全身力气转动手柄。辘轳发出嘎吱嘎吱的声音，劳拉担心爸晕过去了，心里很着急。

突然爸的一只手伸了出来，紧紧地抓住绳子，然后爸的头也冒了出来，他用尽力气爬了上来，坐在地上，妈说："劳拉，快取些水来！"

劳拉撒腿就跑，提着一桶水飞奔回来。妈爸一起转动辘轳，绳子一点点上移，斯科特先生慢慢地升了上来，他的眼睛半闭着，嘴巴张得大大的。

爸把斯科特先生拖到草地上，然后摸了摸他的脉搏，听了听他的胸腔，然后爸也躺在了他身边。

"他还有呼吸，"爸说，"他需要呼吸点新鲜空气。"

"嗯！"妈似乎生气了，"刚才你可吓死我了！"妈竟然把脸埋进裙子，哭了起来。

真是可怕的一天啊！

"我们不要那口水井了，"妈抽泣道，"它也不值得你们用生命去冒险。"

斯科特先生肯定是闻到了井底的一种有毒气体，长时间吸入就会丧命。而爸刚才就在这种有毒气体中，把斯科特先生绑在了绳子上，才能把他拉上来。

斯科特先生恢复之后就回家了，临走的时候，他突然说："英格斯，你的蜡烛试验是对的！"

"嗯，我们得做好每个细节去确保安全，现在没事就好，现在想想还有些后怕，假如蜡烛熄灭的话，人也许就活不了了！"

爸也吸入了少量有毒气体，所以也需要好好休息一下。下午的时候，他取出了一根麻线，拿出了一些火药，

用布包好，然后把麻线一端插入布包。

"劳拉，过来，爸让你开开眼界！"爸对着劳拉喊道。

于是他们来到井边，爸点燃了麻线，然后把布包扔进了井里。

只听"砰"的一声，一阵烟从井里冒了出来，"这样毒气就逼出来了！"爸说。

烟雾消失后，爸点燃蜡烛，用桶放进井里，劳拉看到，那蜡烛始终是亮着的，像夜空中的星星一般美丽。

第二天，爸和斯科特先生继续挖井。以后的每一天，他们都先用蜡烛做试验。渐渐地，井底开始有水了，但是还不够多，爸和斯科特先生提上来一桶一桶的泥浆。早晨的时候，当他们放下蜡烛，烛光照亮了井壁，他们可以看到，井正在往外渗水，并映出来圈圈光晕。

爸站在到膝盖的水里，每次挖土前都要舀出里面的水。

爸正在挖井，他突然又大喊一声，妈和劳拉赶紧跑了过去，以为他又遇到了大麻烦。

"斯科特，快拉绳子！"爸叫道，井底传来了咕嘟嘟冒水的声音。斯科特先生拼命地转动着轱辘，爸终于爬了上来。

"下面肯定是流沙！"爸气喘吁吁的，身上满是泥水，

"我正要挖，突然发现自己陷下去了，铲子也开始下陷，然后就有水涌了上来。"

"绳子下面足有两英尺是湿润的。"斯科特先生收起绳子，桶里装满了水，"幸亏你动作快，否则就出大事了，铲子你也带出来了吧？我的朋友，刚刚真是太冒险了！"

爸不仅快速地爬了出来，还带出了铲子。

不一会儿，这口井就充满了水，水面成了一汪圆圆的蓝色天空，劳拉趴在井边，看到了一个可爱的小孩子的脑袋，她挥手，井里的孩子也挥挥手。

井水又甜又清凉，劳拉觉得自己从来没喝过这么好喝的水。爸再也不用去小溪边打那些不新鲜的水回来了。爸修建了一个井台，中间留了一个水桶大小的井口，然后盖上一个厚厚的井盖。劳拉被禁止去碰那个井盖，每当孩子们口渴的时候，妈就会打上清凉甘甜的水给她们解渴。

德克萨斯的长角牛

这天晚上,劳拉和爸坐在门前的台阶上,皎洁的月光笼罩着整个草原,安静得没有一丝风。爸轻柔地拉着他的小提琴。

曲子的最后一个音符,飘得好远好远,直到融化在温柔的月光中。这样的时光太美好了,劳拉想让时间停止在此刻,可是爸却说,小姑娘该睡觉了,早点休息吧!

突然,劳拉好像听到一个人奇怪的声音。"那是什么声音?"劳拉问道。

爸听了一会儿，用肯定的语气说："一定是牛，是要赶到北边的道奇堡去的牛群。"

劳拉穿着睡衣站在窗前，没有风，没有草的沙沙声，她可以听到远方传来的嗡嗡声，像是人们在吟唱一首古老的歌谣。

"是谁在唱歌呢，爸？"

"是牛仔在给牛儿们唱催眠曲，捣蛋鬼，赶紧上床睡觉！"

劳拉带着想象躺在床上：一群牛儿躺在无边的草原上，星光闪烁，牛仔们轻轻地唱着舒缓的歌谣。

第二天一大早，劳拉跑出房子，看到马厩边有两个奇怪的骑马人正在和爸交谈。他们的皮肤和印第安人一样，也是红棕色的，但是他们的眼睛眯成一条细缝，腿上包着松垮的皮裹腿，鞋后跟上有马刺，戴着宽边的帽子。他们的脖子上围着一条手帕，腰间别着手枪。

只听他们说了一声"再见了"，然后"嗨，喃！"一声，便绝尘而去。

"我们的好运气来啦！"爸对妈说。原来那两个人是牛仔，他们请爸帮忙把牛群赶过峭壁之间的河谷，爸说不会收钱，只想要一块牛肉。"想不想要块好牛肉啊，卡洛琳？"

"那当然好了,查尔斯!"妈的眼睛一下子亮了起来。

爸在脖子上系了一块手帕,告诉劳拉怎么把手帕拉上去遮住口鼻,挡住沙尘。

然后他就骑着帕蒂走了,劳拉一直看着爸的背影消失不见。

太阳猛烈地炙烤大地,牛群的声音越来越近,听上去有气无力,在热风里如幽如怨。近正午的时候,地平线上扬起了一阵尘土。妈说,是牛群经过踩平了草皮,把尘土都扬起来了。

爸在太阳落山的时候回家了,满身都是尘土——胡子、头发、眼眶,还有衣服上都是尘土,但是,他这次并没有带回牛肉,因为牛群走得太慢了,而且还一边走,一边吃草,现在还没有趟过小溪。牛儿得在到达城市之前养肥,才能卖个好价钱。

那一夜,爸累得没有拉小提琴,吃过晚饭就上床睡觉了。夜深了,劳拉可以清晰地听到牛群的叫声,它们听上去那么哀伤,然后就是牛仔的歌声。这次的歌不像是摇篮曲,调子悲凉寂寞,让人哀伤。

劳拉一直睡不着,安静地听着夜空中的歌声,远处,传来狼的嗥叫。牛仔的歌声在夜空下的草原上时近时远,劳拉等所有人都睡着之后,爬到了窗前。远处有三堆篝火，在黑暗中像三只火红色的眼睛。头顶的天空挂着一轮皎洁的满月，空气中缠绕着悲凉的歌声，劳拉不禁喉咙梗咽起来。

第二天，劳拉和玛丽看到西边扬起了很多尘土，牛群的叫声和牛仔的吆喝声更近了。

突然，一群长角牛向马厩冲过来。它们凶猛的长角左右摇摆，尾巴直立着，蹄子敲击地面发出沉闷的声音。一个牛仔骑着斑点马在牛群前面，他挥舞着帽子，大声地吆喝着："嗨！咿——咿——咿！嗨！"长角牛们笨重地挤成一团，互相碰撞着往前走，翻过一个高地，消失不见了。

劳拉也跟着跑前跑后，摘下自己的太阳帽挥舞着，嘴里喊道："嗨！咿——咿——咿！嗨！"妈让她停了下来，那可不是淑女的作风。可是劳拉真盼望自己是个牛仔啊！

下午，爸和另外两个人骑马从西边赶来，他们驱赶着一头母牛和一头带斑点的小牛犊。

那头母牛横冲直撞地走着，两个牛仔一左一右用绳子牵着母牛的牛角，当母牛想用角冲向一个牛仔的时候，另一个牛仔就使劲拉住母牛。母牛边走边挣扎，发出悲伤的"哞哞"的叫声，小牛犊也轻声叫着。

妈透过窗子看到这一切，劳拉和玛丽在墙根下，眼睛一眨不眨地看着眼前的一切。她们看到爸走到了马厩，把

母牛拴在桩子上。然后，爸对牛仔们说了声再见，便骑马走了。

妈都不敢相信，爸居然带回来一头母牛，爸说牛犊太小不适合长途跋涉，那头母牛也会变瘦，卖不了好价钱，所以牛仔们把这两头牛送给了爸，外加一块上好的牛肉。

全家人甚至小卡莉都欢乐地笑了，爸的笑声很大，像钟鸣一样。就连一向温柔亲切的妈，都放声大笑起来。

爸向妈要了桶，然后就去挤牛奶了。爸刚蹲下来，那头牛就弓起了背，给了爸一脚，爸摔了个四脚朝天。

爸满脸通红地爬起来，眼睛冒着蓝光，"我以长角牛神的名义发誓，一定要挤到牛奶！"爸削了两块结实的橡木板，把母牛隔在马厩。

母牛和小牛都嚎叫着，爸又用几根小木棍插进马厩墙壁的缝隙里，做成了一个小栅栏。

现在这头大牛不能随便动了，小牛犊倒是可以钻到妈身边去吃奶。爸的手穿过围栏，挤了整整一大杯奶。

"我们明天早上再试试。这家伙的脾气可真坏，我得想办法让它变温顺。"

夜色降临了，夜莺在空中飞来飞去，洼地里，牛蛙在不知疲倦地叫着。很远的地方，传来狼的嚎叫，杰克也跟着叫几声。

草原上的小木屋
Little House on the Prairie

"狼群一直盯着牛群呢，明天我必须搭建一个牢固的牛棚，这样狼就进不去了。"爸说。

然后一家人拿着牛奶进屋了，大家一致同意把牛奶给小卡莉喝。小卡莉的脸都被杯子遮住了，但是劳拉想象着雪白的牛奶咕噜咕噜地流过她的喉咙，一口接一口，转眼就喝光了，然后伸出舌头舔了舔嘴巴上的牛奶，笑了起来。

似乎用了很久，晚餐的玉米面包和煎牛排才准备好。每个人的脸上都挂着幸福的笑容，牛肉鲜美多汁，以后会有牛奶喝，说不定还能有黄油吃呢！

牛群已经走得很远了，劳拉再也听不到牛仔的歌声。他们可能已经渡过溪流，进入德克萨斯州了吧。他们会一直向北，到有军队驻守的道奇堡。

印第安人的营地

　　天气越来越热，草原上的风好像是从烤箱里吹出来的。

　　草开始枯黄，耀眼的阳光下，是起伏的无边的金色和黄色波浪。

　　正午时分，风停了，鸟儿也累得不叫了，劳拉可以听到树上松鼠的私语声。一群黑乌鸦从头顶飞过，声音凄凉嘶哑。

　　然后，又是一阵安静。

草原上的小木屋
Little House on the Prairie

妈说现在正值仲夏。爸问劳拉和玛丽想不想看看印第安人的营地。印第安人不知道去哪里了,只留下个空营地。

劳拉兴奋地跳了起来,但是妈不同意爸带走她们。

"查尔斯,天气这么热,而且很远。"妈说。

"这样热的天气,没有伤害到印第安人,所以也不会伤害我们的。走吧,孩子们。"爸眨着他海洋般蓝色的眼睛,认真地说。

"爸,我们带上杰克吧,求你了!"劳拉请求着,爸看了看杰克,看了看妈,最后放下了枪。

"好吧,我们带上杰克,卡洛琳,枪留给你吧。"爸建议道。

杰克高兴极了,在爸身边又蹦又跳,还不停地摇尾巴。待看清了要走的路,杰克赶紧走在了最前面,劳拉和玛丽跟在爸后面,玛丽戴着遮阳帽,劳拉却把帽子背在背上。

她们光着脚丫,走在热乎乎的地面上,狠毒的阳光穿过她们的衣服,晒得她们的手臂和背部一阵阵刺痛。风带着草籽被烘干之后散发出的味道,像极了烤面包的味道。

他们越走越远,草原让人觉得渺小,劳拉觉得爸都看上去不那么高大了,最后,他们来到了一块洼地。爸说这

就是印第安人的营地。

杰克正在追一只大野兔，劳拉被刚蹦出来的兔子吓了一跳。爸说，"杰克，放过它吧，咱们的肉足够多了！"于是杰克停了下来，兔子一蹦一跳地逃走了。

玛丽和劳拉紧紧地靠在爸的身边，她们不停地四处张望。洼地下面是一些低矮的灌木丛，结着淡粉红色的浆果。秋麒麟长着羽毛状的叶片，正在渐渐变灰。牛眼雏菊的花瓣显得无精打采。

所有这一切都隐藏在一个小小的洼地里，劳拉从家那边看不到这里，从这里看不到家，大草原并不是平坦的。

劳拉问爸，草原上是不是有许多这样的洼地，爸点点头。

劳拉低声问道，"那印第安人就住在里面吗？"爸说，"也许是吧。"

劳拉和玛丽拉着爸的一只手，打量着印第安人的营地。地上到处都是烧火留下的灰烬，还有散乱的骨头，可能是印第安人的狗啃过留下的。洼地周围的草，都被啃得只剩下草茬了。

地上到处都是印第安人鹿皮靴留下的脚印，还有孩子赤脚的脚印，在这些脚印的上面，还有兔子、鸟儿和狼留下的爪印。

草原上的小木屋
Little House on the Prairie

爸给两个女孩讲解着这些脚印：灰烬旁的中等大小的脚印，应该是一个印第安女人留下的，脚印旁边的痕迹，应该是她衣服下摆的镶边留下的，脚印的脚趾部分印记很深，脚后跟比较浅，应该是身子前倾搅拌火堆上的食物时留下的。

然后，爸指着地上被烟熏黑的叉形树枝说，印第安人在火堆旁边插上两根叉形树枝，然后中间横着一根棍子，棍子上吊着锅煮食物。然后爸说，让她们看看周围的骨头，就能知道这个锅里煮过什么了。

她们看了看地上的骨头，大叫道："兔子！"

"对，就是兔子！"

突然，劳拉叫起来；"快看！"灰土里有什么东西发着蓝色的亮光。劳拉捡起来看，原来是一颗美丽的蓝色珠子。

玛丽也发现了一颗红色的珠子，然后劳拉又找到一颗绿色的珠子。她们两个开始认真地找起了珠子，其他的事情好像都不管不顾了。爸也过来帮忙找。他们不仅找到了白色、咖啡色的珠子，还找到了更多的蓝色和红色的珠子，整个下午，劳拉和玛丽捡了很多五颜六色的珠子，爸偶尔会张望下，然后继续找珠子，他们几乎把这里翻了一遍。

当他们再也找不到的时候,夕阳都快下山了。爸把珠子用手帕包了起来,一头放着劳拉的,一头放着玛丽的,然后动身回家了。

天色渐渐地黑暗下来,太阳已经落山了,小木屋显得那么遥远,爸还没有带枪。

爸走得很快,劳拉用最快的步速跟随着。可是太阳落下得好快,小木屋好像越来越远,草原开始起风了,夜色有点恐怖,有点让人害怕。

"累了吧,小家伙?这条路确实很远!"爸背起劳拉,让她靠着自己的肩膀,再用手拉着玛丽,然后一步步朝着家走去。那一刻,爸突然觉得劳拉长大了,已经是一个大姑娘了。

火上正咕嘟着一家人的晚饭,妈刚摆完桌子,卡莉在一边玩积木。

"抱歉,我们回来晚了,卡洛琳。"爸说,"但是看看你的女儿们找到了什么。"

然后爸提上奶桶,想去挤些牛奶。

妈打开了手帕,这些漂亮的珠子让她大吃一惊。

劳拉拨了拨闪着五颜六色光芒的珠子说,"这些是我的。"

玛丽说,"我的可以送给卡莉。"

草原上的小木屋
Little House on the Prairie

妈等着劳拉开口，但是劳拉很想自己拥有这些珠子，可是玛丽总是这么乖，劳拉胸口堵得慌。

然后劳拉慢慢地说："我的也可以送给卡莉。"

"真懂事啊，我亲爱的宝贝们！"妈高兴地说。

妈把珠子倒了出来，说要用线串起来，做成一条漂亮的项链给卡莉。

玛丽和劳拉并排坐着开始串珠子，先是玛丽串好一颗，然后劳拉也串好一颗。

两个孩子都没说话，也许玛丽心里很开心，可是劳拉不开心，她看到玛丽都有想打她的冲动，所以她低头不看玛丽。

项链串好了，非常漂亮。妈把项链挂在卡莉的脖子上，卡莉高兴得直拍手。劳拉感觉好点了，因为她自己的珠子是不够做成一条项链的。

卡莉还小，总是用手去抓脖子上的链子，毕竟她还是一个小孩子，根本不懂得如何爱惜项链。于是妈把项链取了下来，说等卡莉稍微大些再给她戴上。但是劳拉后来常常怀念那些珠子，很想把那些珠子给要回来。

那天的经历太棒了，她常常回想起来，在大草原上走过那段长长的路，那个有些害怕又满是兴奋的夜晚。

西瓜惹的祸

到了黑莓成熟的季节,一个炎热的下午,劳拉和妈去采摘黑莓。树丛里有很多成熟的大黑莓,劳拉和妈就躲在树荫下摘。

野鹿躺在树荫里,用美丽的大眼睛看着妈和劳拉。蓝色的松鸡惊慌失措地在她们身边跳来跳去。蛇急忙溜走,松鼠也在树上吱吱乱叫。无论走到哪里,首先会轰起一大群蚊子。

蚊子密密麻麻地爬在多汁的大黑莓上,可是甜甜的汁水并不能满足它们,妈和劳拉被叮咬得不轻。

劳拉的嘴巴和手都被染成了酱紫色,虽然环境恶劣,到处是荆棘和蚊子,劳拉和妈还是每天都采摘好几桶回家,并放在太阳下晒干。

现在,他们想吃多少就吃多少黑莓,而到了冬天,他们就可以吃晒干的莓干。

玛丽不去摘黑莓,而是在家照看小卡莉。到了晚上,蚊子会非常多,爸会在木屋和马厩周围点上几堆草,防止蚊子飞进来。

外面蚊子太多了,爸不能在屋外拉琴了,爱德华先生一家晚饭后也不来拜访了,一整夜,小马和小牛们都不停地跺脚,甩尾巴驱赶蚊子。

"这不会太久的,等秋天的第一场冷风来了,它们就不在啦!"爸说。

这天,劳拉觉得很不舒服,大热天却觉得浑身发冷,浑身无力,妈问劳拉为什么不出去玩,劳拉说身上很疼,妈问:"哪儿疼?"

劳拉也说不准到底是哪里,只是觉得全身都痛,玛丽说:"我也痛。"

她们两个看上去没什么异常,但是今天这么安静,就有问题了。妈摸了摸劳拉的额头,发现滚烫得像火炉一

样，但劳拉却冻得牙齿咯咯地响。

"妈，我现在觉得好热，背也痛。"

妈叫来爸，"查尔斯，你过来看看孩子们，她们好像生病了。"

"我也觉得很不舒服，忽冷忽热，然后全身的骨头都疼，孩子们，你们也这样吗？"

玛丽和劳拉都说是这样。爸和妈让她们两个上床休息，劳拉觉得热死了，周围所有的东西都在摇晃，劳拉抱着妈问自己到底怎么了。

"别担心，等你睡醒了就好了。"妈安慰道，劳拉爬上了床，妈替她盖好被子，劳拉觉得舒服些了，妈抚摸着她的额头说："好孩子，快睡吧！"

劳拉没有睡着，但是她的意识并不清醒。她听到了很多声音，看到了爸蹲在火边，一会儿觉得天黑一会儿又觉得阳光刺眼，妈好像用勺子喂她喝汤。

有什么东西在旋转，劳拉觉得有个东西不断地变大然后又急促地变小，还有两种奇怪的声音，一个节奏很快，一个却非常缓慢，劳拉知道有人在说话，但是她用尽力气也听不清说的是什么。

躺在一旁的玛丽浑身发烫，踢掉了被子，劳拉却被冻哭了，忽然又觉得自己像火烧一样。爸用颤抖的手端来一杯水，劳拉的牙齿直打颤，把杯子碰得咯咯响，最后她艰难地喝了一点。妈给她们盖好被子，妈的手也好烫。

爸说:"你去睡吧，卡洛琳。"

妈说:"你比我病得严重，查尔斯。"

劳拉睁开眼睛，阳光刺眼。玛丽哭着说:"水，水，我要喝水！"劳拉看到爸正躺在地板上，杰克来来回回地走着。

杰克用爪子轻轻挠了挠爸，发出悲伤地呜咽声。它咬住爸的衣服，想拉起爸，爸艰难地说:"我得起来，我必须起来，孩子们……"可是他又一头倒了下去，一动不动了。杰克低声哀嚎着。

劳拉浑身一点力气也没有，妈满脸通红地俯在床边看着她。玛丽一直哭着要水喝，妈有气无力地问道:"劳拉，能起来吗？"

"能，妈。"劳拉用尽力气下了床，可是地板好像摇晃了下，她跌倒了。杰克跑过来呜咽着舔了舔她，劳拉抓住杰克，终于站了起来。

她必须去弄些水，不然玛丽总是哭。她慢慢地爬到水桶旁边，颤抖地拿起水瓢，舀了一些水，爬过那不断摇晃的地板，杰克一直跟在她身边。

玛丽没有睁开眼睛，但是用手接过了瓢，喝光了里

面的水。劳拉爬进了被子里，过了好久才暖和过来。杰克悲凉地吼叫着，劳拉觉得浑身都在燃烧。忽然杰克叫了起来，劳拉睁开眼睛，看到一张黑色的脸。

那张黑得发亮的脸上有一对黑色且温柔的眼睛。笑起来的时候，露出雪白的牙齿，"来吧，孩子，把这个喝了。"

一双手臂把劳拉扶了起来，一只手送到劳拉嘴巴边一个杯子，劳拉只喝了一点，就不想喝了，但是那个声音温和地说："喝吧，喝完就会好起来了。"于是劳拉喝完了整杯苦涩的液体。

等她再次醒过来，发现一个很胖的女人正在生火，她的肤色并不黑啊，跟妈一样是棕褐色的。

"能给我点水喝吗？"劳拉问道。

那个胖女人立马端来一杯水，清凉的水让劳拉舒服了许多。玛丽、爸、妈还有杰克都在旁边躺着，劳拉问道："你是谁啊？"

"我是斯科特太太。"那个女人微笑着说，"你现在感觉好多了吧？"

"是的，谢谢你！"劳拉感激地回答，斯科特夫人端来了一杯鲜美的松鸡肉汤。

"喝了吧，孩子。"劳拉喝光了美味的鸡汤，斯科特太太建议她再睡一觉，"我会照顾好这里的，直到你们睡醒为止。"

第二天,劳拉感觉好多了,想起床,可是斯科特太太说必须等医生来才可以。斯科特太太打扫了整个房子,然后给爸、妈、玛丽喂药,最后轮到劳拉。劳拉张开嘴巴,斯科特太太把一些苦极了的粉末倒进她的嘴巴里,劳拉喝了不少水,嘴巴里仍然苦苦的。

随后坦纳医生来了,原来这就是劳拉迷迷糊糊看到的那张黑脸。他的确很黑,他的笑声很大很欢快,他对劳拉笑了笑,露出一排雪白的牙齿,他和爸妈交谈了一会儿,就匆忙离开了。

斯科特太太说,溪流上下游的垦荒者都染上了热病,人手不够,她也得从这家赶到那家,帮忙照看那些患病的人。

"你们全家人一下子病倒了,还好坦纳医生发现得及时,能挺过来,真是太好啦!"坦纳医生是给印第安人看病的医生,他正好路过他们家,神奇的杰克竟然过去拼命拉坦纳医生,坦纳医生觉得奇怪就进屋看了看。

"你们全家都奄奄一息地躺着,"斯科特太太说,"坦纳医生守护了你们一天一夜,现在他去给其他人看病了。"

斯科特太太说这病是吃西瓜造成的,她感慨道:"我不厌其烦地说了很多次,那些西瓜不能吃,可是你们……"

"怎么回事,哪里来的西瓜?"爸问。

斯科特太太说,有个垦荒者在洼地里种了西瓜,人们吃了就会得病,"我警告过他们,可是他们不听,还是吃了。"

"可是我们都没吃西瓜啊!"爸说。

过了几天,爸可以下床了,第二天的时候,劳拉也可以了,然后,妈好像也可以下床了,最后玛丽也颤抖着站了起来。虽然他们站都站不稳,但是足以照顾自己了,斯科特太太就回家了。

妈非常感激,斯科特太太却说:"不要客气,邻里之间应该互相照顾。"

爸只能缓慢行走,妈也要时常休息,劳拉和玛丽还没有玩的力气。每天他们都要吃那苦涩的药粉,但是爸早就开心地吹口哨了。

爸现在不能马上工作,所以想抽空为妈做一把摇椅。爸找了一些嫩柳条,在屋里做了起来,还可以随手帮妈加些柴火,拎水壶。

爸做好了四条椅子腿,然后用柳皮编织成椅子座。

然后,爸把一根又长又直的树丁从中间劈成两半,把其中的一半钉在椅子座的一侧,然后弯过来在椅座的另一侧钉好。这样就做成了椅子的靠背架。爸把靠背架固定好,用柳条皮上下左右地编织着,直到把整个椅子的靠背架都编满为止。

爸用劈开的另一半小树干做椅子的扶手。他把树枝从座位前面朝靠背方向弯过去，固定好以后再用柳皮条把空隙编满。最后，爸把一根弧形的柳树干劈成两半，分别钉在了左右两侧的椅子腿上，成了可以前后摇晃的椅子腿。

摇椅做成啦！

然后全家人举行了一个庆祝仪式。妈整理了下头发，脱掉围裙，还带上了最喜欢的金胸针，玛丽给小卡莉带上了那串七彩项链。爸把两个枕头放在椅子的坐垫和靠背上。

然后爸牵着妈的手，让她坐上去。妈抱着小卡莉，轻轻地坐在了椅子上，她顿时觉得舒服极了。她瘦弱的脸上因高兴而绯红起来，眼中带着泪光，她的笑容纯净又漂亮，椅子来回地摇摆，妈开心地说："查尔斯，我好久没坐过这么舒服的椅子了。"

然后爸拿出了小提琴，开始拉琴唱歌，妈轻轻地摇晃着小卡莉，小家伙微笑着睡着了。玛丽和劳拉坐在长椅上，也高兴极了。

第二天，爸没有说去哪里，他骑着帕蒂就离开了。妈却一直担心爸去了哪里。爸回来的时候，马鞍上放着一个西瓜。爸使了很大力气，才把西瓜抱了进来，并且放在了

139

地上，他躺在一旁气喘吁吁。

"这个西瓜太大了，大概四十磅，给我拿来切肉刀，卡洛琳。我在它面前，感觉就像是水那么虚弱。"

"查尔斯，难道你忘了斯科特太太说的吗？"

爸爽朗地笑了起来，那声音如同洪钟般响亮。"我觉得她说的不对，一个西瓜，怎么会传播疾病呢？大家都知道，热病是呼吸了不干净的空气才染上的疾病。"

"可西瓜是在空气中生长的。"妈说。

"都是胡扯。给我刀，管他热病冷病，我要吃掉这个西瓜。"

"好吧，给你吧！"妈无奈地递给了爸一把刀。

刀子刚碰到西瓜，翠绿色的外皮就咔嚓一声裂开了，露出了鲜红的瓜瓤和零星点缀的黑色西瓜籽。在炎热的夏天，没有比西瓜更有诱惑力的了。

妈不吃，也不让孩子们吃。爸一块接一块地吃，直到吃不下了，把剩下的西瓜给了奶牛。

第二天，爸有点发热。妈责备他不该吃那个西瓜。可是过了一天，妈也有点发热。直到最后，他们也没弄清楚是什么传播的热病。

那个时候，没有人知道热病就是疟疾，是蚊虫叮咬之后互相传播的。

烟囱燃烧起来了

大草原焕然一新,放眼望去,满是深黄色,甚至接近了棕色,中间还生长着一些红色的漆树,夜幕降临,烤焦的草地上吹过阵阵风儿,发出悲伤的鸣叫声,像是有人在哭泣。

爸感慨道,这里真是一个好地方。他还说,在森林里,他以往每年都会割草,然后把它们放在太阳下暴晒,晒好了再放到仓库里,以备冬天使用。在这里,就不用这样紧张了,因为太阳已经为他晒好了干草,在冬天,马儿

和牛可以尽情去吃草,他只需要储备一些饲料,来预防暴风雨等恶劣天气就可以了。

待天气稍微转凉了一些,爸说他去一趟镇上,毕竟白天太热了,在大太阳下走路,对帕蒂和佩特来说,都是一种煎熬。因为它们每天得拖着马车走二十里路呀,还必须得在两天内到达城镇里。爸可不想离开家这样长时间,他想早点回来。

爸收集了一些干草,把它们堆积在了马厩的一旁,他又劈好了柴火,把它们靠在墙壁边放好,以备冬天使用,他还得细心地为母女几人准备好肉食,然后,他才可以放心地去城镇。所以,爸扛着猎枪出去打猎了。

劳拉和玛丽在外面玩,听到溪流那边传来了阵阵枪响,她们知道爸一定是打到猎物了。

风吹得人凉凉的,溪流下游,许多野鸭子在那里嬉戏;天空中飞过几行大雁,排成了人字形,飞向了南方。领头的大雁对着后面的伙伴们发出"洪克"的叫声,它后面的大雁也立刻回应道"洪克""洪克",然后,大雁们一只接一只地把声音传了下去,一直传到很远的地方。领头的大雁张开宽大的翅膀,后面的大雁排成排,整齐地向着南方飞去。

溪流边的树木生出了新芽,橡树的叶子有红色、黄色以及咖啡色,还有一些凌乱的绿色。三叶杨、无花果树、胡桃树都变成了绚烂的黄色,夏天已过,天空也不像之前那么蓝了,风猛烈地吹了起来。

那天下午,风吹得很大,天气莫名其妙地变得很冷。妈把劳拉和玛丽叫进了屋子里,妈在壁炉里生起了火堆,把摇椅靠近壁炉旁,她坐在摇椅里,一边轻轻地摇晃着卡莉,一边哼唱着歌曲:

> 宝宝光光的脑袋,
> 爸前去打猎了,
> 拿到一张好兔皮,
> 可以把宝宝裹起来。

劳拉听到了烟囱里发出"噼里啪啦"的响声。

妈停止了唱歌,她探出身子看着烟囱,之后,她默默地站了起来,把卡莉放在了玛丽的手臂之间,将玛丽推到摇椅里,安安静静地坐好,又匆忙地跑向了外面,劳拉紧随其后。

原来,烟囱着火了,搭烟囱的木棒全部被点燃了。大风呼啸而过,火烧得更旺了,火舌似乎也要舔到屋顶上来了。妈拿起一根很长的竹竿,拍打着燃烧的烟囱,于是被

烧的木棒落了下来，散落在他们的周围。

劳拉有些不知所措，于是，她也从地上拿起了一根竹竿，却被妈阻挡了。因为那火势太猛烈了，会把整个房间都给烧掉的，劳拉却只能眼睁睁地看着眼前的一切，什么也做不了。

于是，她赶紧跑回了屋子里，被点燃的木棒刚刚好从烟囱里掉落下来，又从壁炉里滚了出来，屋子里弥漫着浓浓的烟雾。一根燃烧的大木棒竟然滚到了房屋的中间，落在了玛丽的裙子旁，玛丽吓得一动也不敢动。

劳拉也很怕，但是，眼前根本没有时间容她去思考什么。她只好紧紧地抓住了椅子的后背，用全部的力气，拖着玛丽和卡莉离开了火堆，之后，她一把抓起来那根燃烧着的木棒，丢进了壁炉里面，这个时候，妈也跑进屋子里来了。

"我的好孩子，没想到你还记得妈说过的话，绝对不可以让火星溅到地板上。"妈夸奖道，她拿起水桶，迅速地向着壁炉浇了下去，立刻升起来一团黑烟。

妈关心地问道："你的手被烧到了吗？"她看了看劳拉的手，还好，并没有烧伤。毕竟劳拉丢那个木棒的速度的确很快，快到令人惊讶。劳拉没有哭出来，因为她已经长大了，虽然有眼泪滑落下来，她的喉咙里也好像塞着什么东西，但是她还是把脸埋在了妈的裙子里，紧紧地抱住了妈。她真的很开心，这样大的火势，却没有伤害到她的妈。妈也紧紧地抱着劳拉，摸着她的头发问道："我亲爱的劳拉，不要哭了，是不是很害怕？"

劳拉点点头："是的，我很怕，害怕玛丽和卡莉会受伤，害怕整个房屋都被点燃。那样，我们就没有房屋住了，我，我真的很害怕。"

玛丽也开口说话了，她告诉妈，劳拉如何把摇椅从火边拉到了外边。劳拉还是个小孩子，椅子又是那么大，里面又坐着玛丽和卡莉，一定很沉。妈听了，很是惊讶，她真的不知道，小小的劳拉是怎么做到这一点的，但是，劳拉真的被吓到了，妈说："劳拉，你真是一个勇敢的好孩子。"

"还好，并没有什么损失。"妈说，因为房屋没有燃烧，玛丽的裙子也没有被点燃，卡莉也很安全，一切都很好。

爸回来了，火已经被扑灭了，风还在猛烈地吹，透过烟囱吹到了房屋中来，屋里显得很冷。爸说，他还是会重新做一个烟囱，用新鲜的泥土和树枝，他还会在外面涂上泥灰，这样，就不会着火了。

这一次回来，爸带来了四只肥胖的大鸭子，他夸耀到，自己本来可以带来成百上千只鸭子，但是，他是个很容易知足的人，毕竟这几只就已经够吃了。他

对妈说:"希望你可以把我猎捕到的鸭子和大雁的毛都保存好,然后咱们可以做一床羽毛被。"

当时,爸还可以捕捉到一只鹿,但是,天气并不是很冷,鹿肉无法冻上,根本没有办法保存下来。爸还找到了一处有野火鸡栖息的地方,"这个感恩节和圣诞节,咱们的火鸡终于不用愁了。到时候,我会把它们抓回来的,都是一些肥胖的大家伙啊!"

爸吹着口哨,搅拌着稀泥,砍着树枝,他准备修建新的烟囱。妈准备了几只鸭子,然后,她点起火来,一只肥胖的鸭子被烤了起来,上面还有玉米面包。一切又恢复了之前的温馨,大家都觉得舒适极了。

吃过晚饭,爸说他打算明天早晨去镇上。

爸说:"我决定去那里一趟,把该买的东西都买回来。"

妈说:"好的,查尔斯,去一趟吧!"

"其实,我本不用去镇里,但是我借了一些邻居的东西,我想还给他们。"爸说,"如果只是为了自己的生活,就没有必要往镇里跑了。我抽过斯科特种植的烟草,在印第安纳州,它的确不错,明年的夏天,我也想种植一些烟草还给他。另外,我多希望自己没有向爱德华借那些钉子。"

妈说:"查尔斯,不要这样说,毕竟你已经借了啊!还

草原上的小木屋
Little House on the Prairie

有那些烟草,我相信你内心并不喜欢跟别人借。对了,我们还需要一些奎宁。虽然我很节约,但玉米面也差不多要吃完了,我们还得买一些糖。对了,我倒是可以用蜂蜜来替代糖,可是,什么东西可以替代玉米面呢?只能等到明年,我们才可以收获玉米啊!吃了很长一段时间的野生动物,我想做一些腌肉。此外,我还想给威斯康星州的亲戚们写一封信,现在寄出去的话,这个冬天,他们就可以给我回信了。明年春天的时候,我就可以收到回信了啊!"

"卡洛琳,的确是这样的。"爸回答道,然后,爸对劳拉和玛丽说,睡觉的时间到了!因为他想明天一早就出发,他今天必须得早点睡觉。劳拉和玛丽更换了睡衣,就在这一会儿,爸脱掉了他的靴子。等她们都爬到了床上,爸拿出来小提琴,唱起歌来,声音是那么地温柔:

> 青青的月桂树,
> 变绿的芸香,
> 我的爱人,一切是那么悲伤,
> 在这离别的时刻。

妈转过身来,对着他笑了起来:"查尔斯,一路顺风,不要担心我们,我们会照顾好自己的。"

爸去镇上了

第二天,天未亮,爸就起来了。当劳拉和玛丽醒来的时候,爸已经走远了。整个房间显得很冷清,劳拉觉得空荡荡的。爸不是去打猎,他只是去了镇上,要去四天,真是漫长啊!

班尼就关在马厩里,它也不能陪着它妈一起去了,毕竟这段路途对一个小马驹来说,实在是太遥远了。为此,班尼孤独地鸣叫起来。劳拉和玛丽在屋里陪伴着妈,由于爸不在,屋外的草原看起来是那么空旷,杰克也有些难过，它警惕地看着四周。

中午的时候，劳拉和妈一起喂了班尼一些水，还把拴着母牛的桩子挪动了一个位置，以便于它可以吃到新鲜的草。母牛现在变得很温顺，妈去哪里，它都愿意跟着，它还允许妈挤奶。

妈戴上了帽子，她准备挤奶的时候，杰克全身的毛突然竖立起来，冲了出去。她们听到了一声喊叫，似乎有人在大声喊道："走开，叫那条该死的狗给我走开！"

爱德华先生正打算爬上高高的木柴堆，杰克在后面穷追不舍，也跟着往上爬。

"啊！都是它逼着我爬上来的。"爱德华先生一边喊叫，一边爬向了高高的木柴堆。妈叫喊着杰克，让它停下来，它却不听。杰克露出来一排令人恐惧的牙齿，眼睛发红。最后，它还是站在了原地，用眼睛盯着他，等待爱德华先生从木柴堆上下来。

妈说："杰克好像知道英格斯先生不在家，真是这样的。"

爱德华先生点点头，狗很聪明，它们好像通人性。

爸早晨去镇里的时候，经过爱德华先生的家门口，他对爱德华先生说，希望他每天都可以来到他的家里看上一眼，看看她们几个是否需要帮助。爱德华先生可真是一个

好人，他选择了这个时间过来，无非是为了帮助妈做点力所能及的家务活。但是，杰克却不这样认为，它觉得爸离开了家，除了妈，谁都不可以靠近母牛和班尼。所以，爱德华来帮忙的时候，她们只得把它锁到房间里。

爱德华离开的时候，对妈说道："今天晚上，把狗也关到房屋里，这样就会更安全一些。"

渐渐地，天色暗淡下来，房屋也开始黑暗下来。外面的风似乎很大，猫头鹰发出"呜呼"的哀鸣，一匹狼在远处嚎叫，杰克的喉咙里也不由地吼了一声。妈、劳拉和玛丽坐在壁炉边，她们知道，安安静静地待在房间里就会很安全，因为这里有杰克，门上的插销绳也被拉好了。

第二天，天气依旧很冷，杰克在马厩旁边巡逻了一圈，又跑到了房子的周围走了一大圈，就这样重复地转着圈。此时，它根本没有时间去看劳拉。

那天下午，斯科特太太前来她们家里做客，劳拉和玛丽恭恭敬敬地坐在一边，如同老鼠那般安静。斯科特太太很喜欢她们家的摇椅，坐在上面可以摇来摇去，她真是越发喜欢了。她还称赞了她们的小屋真是漂亮、整洁又舒服。

斯科特太太还告诫妈，万万不可与印第安人发生冲突，因为她听说了一些关于印第安人的恐怖事件。她说：

"天知道哪，那些人从来没有热爱过这片土地，他们唯一做过的就是在这里如同野兽那般狂奔。不管是否制定了条约，这片土地都应该属于耕种它的人们。这才是真正的公平。"

当然，她并不知道政府为何要与印第安人签订协议。一想到印第安人，她顿时就气愤不已，并且头脑发胀，呼吸不上来。她说："我可忘不了那场大屠杀，在明尼苏达州，我的爸以及兄弟，还有其他的垦荒者去跟印第安人打仗，直到距离我们仅有十五英里的西边，才挡住了那些可怕的印第安人，我爸经常告诉我，他们……"

妈善意地咳嗽了一下，斯科特太太这才停止了诉说。不管大屠杀是多么恐怖，既然有小孩子在，大人就不应该讨论这些话题吧！

待斯科特太太离开了，劳拉好奇地问妈，什么是大屠杀。妈说，现在她还不能对她说这些，她长大了，自然会明白的。

夜幕降临的时候，爱德华先生来到她们家，帮助妈做家务活。杰克又一次把他逼上了柴火堆，妈不得不拽住了它，她只好对爱德华解释说，自己也不知道这条狗怎么了，应该是大风吹得它脑子糊涂了。

大风真的很奇怪，它夹杂着奇怪的声音，似乎一下子

吹到了劳拉的身体上，好像她什么都没有穿。她和玛丽从外面抱着柴火进来的时候，冻得牙齿颤抖。

那天晚上，她们想到了独立镇的爸，如果不被其他的事情耽误的话，他应该已经到了镇上，并在镇里住下来了。明天早晨，爸会去商店里买东西，如果爸可以早点动身，明天晚上应该可以到达草原的某个地方露宿一个晚上，那样，后天晚上，他就可以回来了。

天亮的时候，风吹得更猛烈了，天气一冷下来，妈就会一直关着门。劳拉和玛丽坐在壁炉边，听风儿呼啸而过，还有风吹进烟囱的呜呜声。那天下午，她们想，这样大的风儿，爸也许不会迎风离开独立镇，他会继续住在那里吧。

到了晚上的时候，她们很担心，爸究竟会住在哪里。风吹得很冷，甚至吹进了家里，此时正在烤火的她们，顿时觉得冷极了，背部也一阵阵发凉。这样寒冷的风，爸或许正在草原的某个地方露宿。

第二天是那么漫长，她们知道爸大概不会在上午的时候回来，但是，她们依然满怀期待。黄昏的时候，她们盯着溪流边的那条小路，杰克也盯着那边看，它发出"呜呜"的声音，接着，它冲了出去，又绕着马厩和房屋走了一圈，然后，它又向着溪流的方向看去，露出了一排凶狠的牙齿，风吹得它似乎有些站立不稳了。

杰克走进屋子里的时候，也总是不肯躺下来，颈部的毛竖立起来，又倒了下来，接着又竖立起来。它试图透过窗户向外面看去，然后又对着门吼叫起来，当妈打开门的时候，它似乎又不想跑出去了。

玛丽说："看哪，杰克看上去有些害怕。"

劳拉却说："杰克从来不会害怕，它不会的。"

妈说："劳拉，顶嘴可不是好孩子。"

过去不到一分钟，杰克又要出去转转了，去看看马厩里的牛和班尼，看看一切是否安好。劳拉很想对玛丽炫耀："看看，我说的没错吧！"虽然她没有说出口，但是，她真的很想这样大声地说。

每次爱德华先生过来帮忙的时候，妈就会把杰克反锁在房间里。爸还没有回家，爱德华先生似乎是被大风吹进来的。他喘着气，跺着脚，真的快被冻僵了。干活之前，他走到壁炉前面，暖和了一下双手，干完活之后，他再次来到了壁炉前面，暖了暖双手。

他对妈说，印第安人已经在峭壁上安营扎寨了，当他穿越溪洼地的时候，他看到那里还在冒着浓浓的白烟。他问妈是否有枪。

妈说，爸把枪支留给了她。爱德华先生说："这样寒冷

的夜晚，印第安人应该会呆在营地，不会肆意走动吧！"

"我想也是！"妈回答道，爱德华先生问妈是否有必要让他在马厩里住一个晚上来保护她们。妈却不想给爱德华先生增添麻烦，并感谢了他的好意。其实只要有杰克，她们就觉得很安全。

"何况，英格斯先生应该很快就回来了。"妈告诉他，于是，爱德华先生扣好了帽子，围上围巾，戴上了手套，扛起猎枪离开了。他也觉得应该不会有什么事情发生。

妈说："和我想的一样。"

妈把爱德华先生送走的时候，天色还未完全黯淡下来，但是，她依然插好了门阀，并且把插销的绳子拉进了房间里来。劳拉和玛丽看着溪流边的那条小路，她们一直盯着那里，直到天色完全黑暗下来。天黑了，妈关上了木窗，但是，爸依然没有回家。

她们吃了晚饭，又洗好餐具，清扫了壁炉前面的地板，可是，爸依然没有回家。爸是否还待在黑暗的野外，那里正吹着凛冽的寒风，把门窗吹得咯吱响，风从烟囱里面灌进来了，壁炉里的火苗也被吹得呼呼直响。

玛丽和劳拉一直竖着耳朵，听着外面的动静，想听听是否有马车经过。妈在摇晃着卡莉，但是，她们知道，她也一定满怀期待，可以听到那个声音。

草原上的小木屋
Little House on the Prairie

卡莉已经睡着了，妈还在不停地摇晃着她，最后，妈把小卡莉的衣服脱了下来，并且把她放在了床上。劳拉和玛丽对视一眼，显然，她们还不打算睡觉。

"孩子们，去睡觉吧！"妈说道，劳拉在一旁认真地请求她再等一会儿，她们想等到爸回来，玛丽也说出了自己的愿望。妈只好答应了她们的请求。

她们又坐了很久，玛丽打了一个哈欠，劳拉也打了一个哈欠，她们瞪大双眼，劳拉看到周围的一切一会儿变得特别大，一会儿又变得特别小。偶尔，她看到了两个玛丽，偶尔她似乎一个都看不到了。但是，她依然坐在那里等着爸归来。忽然，她的耳边响起来一个吓人的声音，原来是她从椅子上跌落下来，妈赶紧过来，把她放在了床上。

她本打算告诉妈，自己并不是很困，但是，她又打了一个很大的哈欠，嘴巴张得好大。

半夜的时候，她坐了起来，妈还在摇椅上坐着，插销似乎在晃动，风儿吹得更大了。玛丽依然瞪大双眼，杰克在地面上来回走动。劳拉听到了一声嚎叫，又突然消失了。

妈温和地说："劳拉，快点睡觉吧！"

劳拉问："可是，那是什么在吼叫呢？"

妈说:"孩子,那是风,好了,快点去睡觉吧!"

劳拉只好躺了下来,但是,她的双眼还是不愿意合上,她猜想,爸应该就在外面的什么地方。可是,风还是吹得很大,那些印第安人所住的地方就在溪洼地,爸要想回家,必须要经过那片溪洼地。杰克还在一旁不知疲倦地吼叫。

妈在摇椅上轻轻地摇晃起来,她的腿上放着爸留给她的枪,在炉火忽明忽暗的映衬下,妈开口唱起歌来,那声音很温柔、很动听:

远方有一片充满爱的土地,
在很远很远的地方,
圣人站在那里,他满身光芒,
即使是在夜晚,他的周围也如同白天一样。
听,是天使在歌唱,
为圣人唱歌,为国王歌唱……

在歌声中,劳拉不知不觉地睡着了,她以为是妈和天使们在一起唱歌。她安静地听着,不知道过了多久,直到她睁开眼睛的一瞬间,她竟然看到了爸,他正站在壁炉前面。

她立刻跳了起来，快乐地喊道："爸！爸！"

爸全身是泥水，鼻子也被冻得红红的，头发更是乱极了。他的身体好冷，当劳拉抱着他，一股寒气穿过了她的睡袍。

"等会儿，我的宝贝！"爸说，他为劳拉裹上了妈的围巾，抱起来她。一切都是那么温暖，火炉里的火烧得正旺，空气里弥漫着咖啡的味道，妈看着劳拉在微笑，爸终于回来了！

妈的围巾是那么大，玛丽用它的另一头裹住了自己。爸把冻得很硬的马靴脱了下来，放在了火边，他又烤了一下自己冻僵的双手，之后坐在了凳子上，他把玛丽和劳拉抱到了自己的腿上，他紧紧地抱着她们。她们看上去很享受的表情，脚丫子也被炉火烤得暖暖的，真是舒服。

爸叹息道："我真的以为回不来了。"

妈赶紧打开爸的包，从里面舀出来一勺糖放进锡杯里，原来，爸从镇上带回来了糖，妈说道："查尔斯，咖啡马上就煮好了。"

爸说："在去独立镇的路上，一直在下雨，马车的轮框下的泥土都变成了硬硬的块儿，我不得不停下来，把它们松开，马车才可以继续行驶。无奈的是，当马车刚刚开动，车轮子又被冻住了，我不得不再次跑到了车下。在这

样的情形下，佩特和帕蒂顶着呼啸的风儿前进，它们使出了浑身的劲，走在风雨中，我从未遇见过这样大的风，如同刀割一般吹在脸上。"

爸回家的时候，镇上的人们劝告他还是等风儿停止了再回去，但是，爸实在太想家了。

爸说："我真是不明白，为什么他们把南面吹来的风儿叫北风呢？南面的风为什么这样冷？真是离奇啊，在这片大地上，南风竟然是最冷的。"

爸喝了一杯咖啡，用手帕胡乱地抹了抹嘴唇和胡须，感慨道："啊！这杯咖啡真是美味，我终于解冻了，真暖和！"

爸眨了一下眼睛，示意妈打开了桌子上的方形包裹，爸说："千万不要掉了啊！"

妈拆包裹的时候，不停地念叨："啊！查尔斯，你不会真的……"

爸神秘地说："你打开瞧瞧！"

原来，在那个方形的包裹里，装着干干净净的八块窗户玻璃，他们的小屋终于有玻璃窗了。

这几块玻璃竟然都没有碎，那么远的路，爸竟然完好无损地把它们都带回来了，妈怪他不该花钱买这些，但看得出来，她还是很高兴的样子。爸在一边也开心地笑了起来，大家都很开心，拥有了玻璃，就可以在寒冷的冬天，继续欣赏外面的风景了，而且想看多久都行，对了，阳光也可以照耀进房间里。

爸说，他想妈、劳拉、玛丽也肯定会喜欢玻璃窗，这肯定是最好的礼物。果然，她们都喜欢得不得了。爸还带回来了一小包白糖，妈打开了它，劳拉和玛丽看着眼前似乎闪烁着光芒的白糖，眼神中满是渴望，妈给她们每个人舀了一勺，把剩下的白糖都包了起来。她想等有客人来的时候，再拿出来招待大家。

令她们最兴奋不已的事情是，爸终于安全地回到了家。

玛丽和劳拉继续躺在了床上，她们觉得床铺是那么舒适。

有爸在，感觉就是不一样，现在，她们拥有了钉子、玉米、猪肉、盐，还有很多需要的东西，爸可以休息一下了，很长一段时间，不用着急去镇上了。

一个高高的印第安人

寒风呼啸而过，吹了三天之久，它吹过了大草原，实在太累了，才停了下来。现在的太阳真是温暖啊，风儿也变得柔和起来，但是，劳拉一家却感受到了阵阵秋意。

印第安人就在离他们家不远的地方，他们正在跑来跑去，路过小木屋的时候，他们看也不看一眼，好像它根本不存在一样。

他们看上去都很瘦，穿很少的衣服，裸露着身体的很多部位。他们骑在矮种马上，上面竟然也没有缰绳，也没有鞍。他们坚定地坐在马上，从不左看右看，他们的眼睛闪烁着迷人的光芒。

劳拉和玛丽背对着木屋，抬起头来看着这些印第安人——他们的皮肤是棕红色的，与蓝色的天空形成了鲜明的对比，他们的头上还有一束尖尖的发髻，上面飘荡着彩色的线和羽毛，随着风儿一摇一摆。他们的脸竟然也是棕红色的，就像爸为妈做托物架的时候，凿开的木头的颜色。

"我以为那是一条谁都不会走的小路呢，"爸说道，"如果早点知道这是一条大道，我就不会靠着这里盖房子了。"

杰克很不喜欢印第安人，妈并没有怪它。妈说："这里的印第安人越来越多，咱们随时会遇见他们。"

说完，妈一抬头，就看到了门边站着一个印第安人，他一句话也不说，盯着妈看。

"天哪！"妈倒吸了一口冷气。

杰克也看到了那个印第安人，它向着他扑了过去，幸好爸眼疾手快，拉住了它。印第安人还是保持同样的姿态，站在那里纹丝不动，好像并没把杰克当回事。

"嚎！"他对着爸发出类似打招呼的声音。

爸一把按住了杰克，也"嚎"了一声，用同样的语调回答了他。爸又把杰克拖到了床脚，这时，印第安人已经走了进来，他蹲在了壁炉的前面。

爸也蹲在了印第安人的身边，他们就这样友好地坐着，安静地坐着，什么话也没有说。后来，妈做好了晚饭。

劳拉和玛丽紧紧地围在了一起，她们坐在房屋角落的床上，纹丝不动地盯着眼前的那个印第安人——他看上去很安静，甚至头上的羽毛也没有动，只有他的胸腔随着呼吸一起一伏。他穿着带毛边的皮囊腿，鞋子上面镶嵌着许多闪亮的珠子。

妈把晚餐装在了盘子里，分别给了爸以及那个印第安人，他们快速地吃完了盘子里的食物。爸又给了印第安人一些烟草，他们填满了烟斗，在炭火边点燃，"吧嗒吧嗒"地抽了起来，直到烟斗里再也没有烟冒出来。

但是，他们还是一句话都没有说，抽完后，那个印第安人对爸说了几句话，爸无奈地说："我什么都听不明白。"

就这样，他们安静地坐了一会儿，然后，那个印第安人站了起来，他离开了房间，却没有发出任何声响。

妈感慨道："天哪！"

玛丽和劳拉跑到了窗户的旁边，她们只看到了那个印第安人的背影，他直挺挺地坐在那匹矮种马上，他的腿上横放着一把枪，枪从他的身体两边露出来了一大截。

爸却说，那个印第安人绝对不平常，他的头上戴着一根羽毛，爸以此判断他是一位奥塞奇人。

爸说:"而且,他说法语,我应该不会猜错吧?我真希望自己可以懂一些印第安人的语言,虽然它很古怪。"

妈却说:"别这样说,我们也得过自己的日子,我可不愿意看到一个印第安人天天在我眼前晃来晃去。"

爸安慰妈不要太担心了。

爸说:"这个印第安人看起来还是很友善的,峭壁那边的营地,现在看起来也很安静,我想,咱们还是好好地和他们相处,看好杰克,放心吧,应该没事的。"

第二天早晨,爸和往常一样,打开了门来到了马厩的旁边。劳拉看到杰克站在了印第安人的那条小路上,它直挺挺地站在那里,背后的毛发竖立,露出了一嘴凶狠的牙齿。在它的前面,有一个骑着马的印第安人和它相对而立。

印第安人和马儿纹丝不动,只有头顶上的羽毛在风中微微摆动,杰克似乎想以此告诫他们,如果他们敢上前一步,它就会立马扑上来。

印第安人看了爸一眼,高举起枪支,对准了杰克。

劳拉见状,飞快地向门口跑去,爸比她更快一步来到了门口。他站在了杰克和印第安人的枪之间,把杰克抱走了,于是,那个印第安人也只得作罢,他沿着小路继续往前走去。

爸张开脚,双手插入裤袋,盯着印第安人的背影,他越走越远。

爸才放心地说道:"刚刚真是危险,毕竟这是他们的路,在我们来到这里的时候,他们就已经在这里行走了。"

爸在屋子的墙壁上打了一个铁环,把杰克拴住了。从此之后,杰克就一直被拴着。白天,杰克会被反锁在房间里,晚上,杰克就会被套在马厩里。如今,偷马贼越来越多了,爱德华先生的马儿最近就被偷走了一匹。

杰克被锁上了,脾气变得很暴躁,但是,爸还是没有打算放开它。倔强的杰克不会承认那条道路是印第安人的,它死死地认定那是爸开辟的道路。劳拉不敢想象,假如杰克真的把一个印第安人咬伤了,会有什么样可怕的后果。

冬天来了,天气阴沉,没有一丝风吹过,草也很沉默。风儿在地上旋转着,似乎在寻找什么东西。动物们换上了新的厚皮毛,爸在溪岸上设置了许多陷阱。他每天都会过来看看,然后带回来一些猎物。天气越来越冷了,爸开始捕鹿,因为鹿肉可以被保存起来。除此之外,爸也会猎捕狐狸和狼,并取下它们的皮毛,他的陷阱里也常常可以看到狸、麝鼠、貂的影子。

爸在屋子外面,小心翼翼地剥下了这些动物的皮毛,

草原上的小木屋
Little House on the Prairie

然后把它们铺好，用小钉子钉好，在太阳底下暴晒。晚上的时候，他还会小心翼翼地把这些皮毛揉搓得干干净净，一张张地叠放在屋角，那堆皮毛每天都在增高。

劳拉很喜欢把脸埋在厚实的狐狸毛发里，她更喜欢柔软的棕色狸皮毛，还有硬硬的狼皮毛。但是，她最爱的依旧是那如丝般光滑的貂皮。这些皮毛被爸保存得很好，他打算明年去镇上卖掉。妈为劳拉和玛丽制作了兔皮帽子，还为爸制作了一顶麝鼠皮的帽子。

有一天，爸又一次出去打猎了，家里来了两个印第安人，他们直接闯进了房间里，杰克正巧被拴住了。

这两个邋遢的印第安人看上去很凶狠，满脸横肉，让人很不舒服。他们好像一点也不避嫌，走进屋子里就像自己家里一样随便。他们打开了妈收拾好的壁柜，拿出来了所有的玉米饼，另一个印第安人还拿走了爸的烟草袋。后来，他们看向挂枪的地方，然后，其中一个印第安人还拎起来了一捆动物的皮毛。

劳拉、玛丽站在妈的身边，妈紧紧地抱着小卡莉，她们只能眼睁睁地看着两个印第安人抱走了爸的皮毛，却无能为力。

她们把所有的东西都放在了门口，一个印第安人对另一个印第安人低声说了一些话，他放下了那捆皮毛，抱着其他的东西走了。

妈吓得坐了下来，紧紧地搂住了劳拉和玛丽，劳拉甚至听到了妈"扑通扑通"的心跳声，妈是那么地急促不安。

后来，妈勉强地笑着说："幸好，他们没有带走犁，还有那些最重要的种子。"

劳拉好奇地问："什么犁呢？"

妈解释说："就是那捆皮毛，明年耕地用的犁和种子得用它来交换。"

爸回到家，她们争先恐后地把这件事情告诉了他，他有些不开心，但是，他说没事就好。

当天晚上，劳拉和玛丽上床休息以后，爸拉着小提琴。摇椅上，妈正抱着卡莉轻轻地唱着歌，合着琴声：

> 漂流在外的印第安少女，
> 聪慧过人的阿尔法拉塔，
> 深蓝色的居里阿塔溪，
> 你要流向何方。
> 勇往直前的战士，
> 他是伟大的阿尔法拉塔的恋人，
> 骄傲地摇摆着头上的羽毛，
> 走在居里阿塔的溪流边，

他对我柔情蜜意,

发出战争的喊声,

那声音千钧一发,

在溪流山川间游荡,

印第安少女的歌声,

聪慧过人的阿尔法拉塔,

幽蓝色的居里阿塔溪,永远奔腾不息。

多年过去,

阿尔法拉塔的音乐,

依然流传在

幽蓝色的居里阿塔溪流上。

琴声停止,妈也停止了歌唱。劳拉好奇地问:"阿尔法拉塔的音乐最后飘到了哪里?"

妈惊讶地说:"啊!你还没睡着?"

劳拉却说:"我正打算睡着呢,但是我想知道,阿尔法拉塔的音乐飘到了哪里呢?"

妈回答说:"应该是去了西边吧,印第安人前往的方向。"

劳拉问:"可是,他们为什么要那么做?"

妈回答说:"他们只能如此。"

"可是，他们为什么只能这样做呢？"

"劳拉，睡觉吧，是政府让他们那么做的。"爸回答道。

爸又拉了一会儿小提琴，劳拉问："爸，我还有一个问题想问你。"

妈指正她："和大人说话的时候，要说'可以不可以再问一个问题'。"

于是，劳拉只好重复了一遍："爸，我可以不可以……"

"好吧，你说吧？"劳拉没有说完，爸就打断了她，别人说话的时候，小孩子是不可以随便打断的，但是，爸并不是小孩子，所以，他可以这样做。

"那么，政府会让所有的印第安人都去西面吗？"

"当然。"爸点点头，"白人都来这里了，印第安人就要搬走了，他们不走，政府也会把他们赶到西边的，所以，我们才会来到这里。白人分布在这个国家的很多地方，我们是先来的一批人，可以得到比较好的土地，听懂了吗？"

"爸，我明白了。"劳拉说，"但是，我想既然这里属于印第安人，让他们搬走的话，他们肯定会……"

妈打断了劳拉："小孩子不许问这样多的问题，快去睡觉吧！"

偶遇圣诞老人

白天短了，风吹得更加猛烈了，但是，一直没有下雪，却一直下着雨，连续下了好几天，天气有些冷了，雨水拍在了屋顶上，又顺着屋檐流了下来。

劳拉和玛丽安安静静地坐在壁炉边，听着雨水拍打在窗户上，发出轻微的滴答声，她们正在做针线活，偶尔也会用废纸片剪纸娃娃玩。每天晚上都冷极了，她们很希望可以下一场雪，但是，第二天早晨，当她们推开门，却发现只有湿漉漉的草，还是没有看见雪。她们把鼻子贴在

了玻璃窗户上，兴高采烈地看向外面。两个女孩多么盼望可以看到一场雪，劳拉有些焦急不安，圣诞节就快要来临了，如果还没有下雪的话，圣诞老人和驯鹿大概是行走不了的。玛丽却在担心，即使下雪了，圣诞老人也不一定会找到她们，因为她们这里实在太偏僻了。她们只好把自己的担忧分享给了妈，妈也担忧地说，她也不知道圣诞老人会不会准时出现呢。

她们不安地问："今天是几号呢？离圣诞节还有几天呢？"两个女孩每天都在掰着手指头计算日子，终于，还有一天就是圣诞节了。

那天早晨，依然是下雨，昏黄的天空中，还是没有要下雪的感觉。她们很沮丧地想，也许圣诞老人不会来看她们了。但是，她们依然抱着一丝希望，继续等待下去。

中午的时候，天色突然变化了。乌云消失了，蓝天出现了。太阳也出来了，鸟儿鸣唱，草丛里处处是欲滴的露水。妈打开了门窗，一股新鲜的空气立刻迎面而来，她们似乎听到了溪流里的水涨了起来。

她们从未担心过溪流，现在，她们有些沮丧了，因为圣诞老人肯定游不过正在涨水的溪流。爸走了进来，他手里拎着一只肥大的火鸡。爸打赌说，如果这只火鸡不到二十磅，他就带着毛一起吃掉。爸问劳拉："我们把它当作圣诞晚餐吧，你可以吃下一只大鸡腿吗？"

劳拉说自己肯定可以吃掉一只鸡腿，不过，她的态度有点冷淡。然后，玛丽还问溪流的水位是不是在下降呢，爸却说，那里正在涨水呢。妈不由地说，她一想到现在爱德华先生正在一个人吃圣诞晚餐，就觉得他太孤单了。他们本来约好了，让爱德华先生来吃大餐，爸无奈地摇头，说溪流正在涨水，如果此时过来的话，未免太冒险了。

爸说："溪流水涨得太高了，我们得做好准备，爱德华先生不一定会来。"

这也就意味着圣诞老人也不一定可以过来。

劳拉和玛丽只好控制着自己不去想圣诞老人，她们在妈的身边，看着她正在给火鸡拔毛，那真的是一只很肥大的火鸡。她们不由地在心里想，自己真是幸运，可以住在这样温馨的房间里，有一个温暖的大壁炉，晚餐还可以拥有一只肥胖的火鸡。妈却说，圣诞老人今年是来不了了，实在是太遗憾了。但是她们两个都是很乖巧的孩子，圣诞老人不会忘记她们，他明年就会来看她们，但是，她们还是不太开心。

那天晚上，吃过了晚饭，当两个女孩洗好了脸和双手，她们扣好了法兰绒睡衣，系好了睡帽的绳子，敷衍地说完祷告词。她们睡在了床上，把被子盖住了脑袋，这可

不是圣诞节应该有的气氛啊!

爸和妈安静地坐在火堆的旁边,不一会儿,妈突然问爸,今天怎么没有拉小提琴,爸回答说:"卡洛琳,我今天心情不好。"

过了一会儿,妈站了起来,说道:"我得把女儿们的袜子挂起来,说不定,圣诞老人今天还是会过来的。"

劳拉听了,心脏"扑通扑通"地跳动着,但是,一想到那汹涌澎湃的大水,她就知道自己不用再期待什么了。

妈拿来了劳拉和玛丽的新袜子,把它们挂在了壁炉的两侧。劳拉和玛丽掀开了被子的一个小角,看着妈。

妈亲了亲孩子们的额头:"快睡觉吧,孩子们,只有睡着了,早晨才可以到来。"

妈坐在了壁炉的旁边,劳拉似乎也已经睡着了。

可是,这个时候爸又说了一些话,劳拉似乎又醒过来了。她听到爸说:"卡洛琳,别这样,只会让孩子们更失望。"妈似乎也悄悄地说:"查尔斯,没事,这里有一些糖果。"劳拉却以为这都是在梦中。

后来,她还听到了杰克凶狠的吼叫声,门闩响了,外面有人在喊爸:"英格斯!"当爸点好灯,打开门之后,劳拉也醒了,原来已经是早晨了,外面已经亮了起来。

"爱德华,你竟然过来了,快点进来,说说一路上都发生了什么?"爸惊喜地说。

劳拉却失望地发现,那两只袜子还是什么都没有装,于是,她闭上了眼睛,继续躺在床上。后来,她还听到了妈往壁炉里加柴火的声音,她似乎还听到,爱德华先生好像在说,他顶着衣服,一点点渡过了溪流。他觉得冷极了,声音也不由自主地颤抖,他想烤一会儿火,说一会儿就好。

"爱德华,你这样做,太冒险了。"爸说,"我们当然都欢迎你的到来,可是仅为了一顿圣诞聚餐,你这样做未免太不值得了。"

爱德华先生却说:"但是,孩子们需要圣诞节礼物啊,我肯定不能被涨水的溪流阻止,我从独立镇为他们带来了圣诞节的礼物,得送给她们。"

劳拉这句话听得最清晰,她立刻坐了起来,大声叫道:"你看到了圣诞老人了吗?"

"是的。"爱德华先生说。

"你在哪里见到的呢?是什么时候?他都和你说了什么呢?还有,他长什么样子呢?他真的让你为我们带礼物了吗?"玛丽和劳拉的问题一串串的。

"等等,你们等等!"爱德华先生大笑了起来。妈说,她肯定会把礼物都放在孩子们的袜子里,如同圣诞老

人放的那样，她不允许孩子们偷看。爱德华坐在了她们的床边，认真地回答着她们的每一个问题。她们不看向妈那边，也没有看清妈在做什么。

爱德华先生说自己看到了溪流的水涨起来的时候，他知道圣诞老人肯定过不来了。"可是，你不是游过来了！"劳拉叫道。爱德华先生说："是啊，圣诞老人实在太老了，而且有点胖，不可能像我一样年轻，也没有我瘦，他游不过来。"爱德华先生还说，他最远只能走到独立镇，再往前就无法行走了，他不会穿越一片大草原之后再回去的，那样，实在太远了。

所以，爱德华先生去了一次独立镇。

"你淋雨去的吗？"玛丽问，爱德华先生说自己穿着雨衣呢，在大街上偶遇了圣诞老人。

"是在白天吗？"劳拉问，因为她从不相信人们可以在白天遇见圣诞老人。

爱德华先生解释说，不是，是在晚上遇见的。当时，酒吧里有一束光，正好可以照亮大街。

圣诞老人看到了他，说："爱德华先生，你好！"

玛丽问："你们互相认识吗？你如何知道他就是圣诞老人的呢？"

爱德华先生却说，圣诞老人知道每一个人的名字，而他，看到了圣诞老人满脸的长胡子，也立刻认出了他。在密西西比河流的西边，从不会有人有圣诞老人那么长、那么浓密的胡子。

圣诞老人说："爱德华，我上次见到你，你正在田纳西州，当时，你还在酣睡。"直至今日，爱德华先生依然记得，那次圣诞老人送给他了一副红色的羊毛手套。

圣诞老人还问他："我还知道你就住在弗底格里斯，你认识那里的两个女孩子吗？她们的名字叫劳拉和玛丽。"

爱德华先生说："我当然认识她们了。"

圣诞老人又说："我总是想着一件事情，劳拉和玛丽都是听话、乖巧的好孩子，她们肯定在等待我的到来，我不能让她们空欢喜一场。但是，溪流的水涨得太高了，我没有办法渡过那条溪流。我试了很多办法，都不行。所以，爱德华，你来帮我一个忙，帮我把礼物带给她们，好吗？"

爱德华先生对圣诞老人说："当然可以，我很愿意那么做。"

之后，圣诞老人和他一起来到了街道的对面，所有的礼物都被放在了驮骡上。

劳拉问："圣诞老人没有骑着驯鹿前来吗？"

"今年没有雪，驯鹿是用来拉雪橇前进的。"玛丽回

答。爱德华先生点点头,他说圣诞老人在西南地区,一般会牵着驮骡。

圣诞老人从马鞍上拿下来一个口袋,往里面看了几眼,拿出来他为劳拉和玛丽准备的礼物。

劳拉惊喜地尖叫道:"那是什么呢?"

玛丽却问:"圣诞老人后来又干什么了呢?"

然后,圣诞老人握了握爱德华先生的手,骑着他那漂亮的驮骡离开了这里。他看上去是那么胖,那么笨重,所以,爱德华先生认为他的骑技还可以。圣诞老人把长且白的胡子塞进了围巾的下面,道了一声"爱德华,再见啦",然后吹着口哨,向道奇堡的那条路走去。

劳拉和玛丽沉默了下来,她们还沉浸在爱德华先生的故事中。

妈说了一句:"好了,孩子们,现在可以看了。"

在劳拉的袜子的顶端,有一个闪烁着光芒的东西,劳拉惊喜地叫了起来,并且从床上跳了下来,玛丽也紧紧地跟着跳了下来。不过,还是劳拉跑得快,那个闪烁着光芒的东西是一个新的锡制杯。

玛丽的礼物,也是一个一模一样的锡制的杯子。

现在,她们每个人都拥有了自己的杯子,劳拉高兴地边舞边唱。玛丽却站在原地,眼神发亮,盯着手中的杯子看。

于是，她们又把手放进了袜子，里面竟然还有礼物呢。那是两根长长的糖棍，是薄荷味的，上面有红色和白色条纹，劳拉忍不住舔上了一口，那根糖棍真像一根拐棍啊！但是，玛丽却一口也没舍得舔，她忍住了。

袜子里看上去还有东西，劳拉和玛丽又从里面拿出来一个小包，打开一看，原来是一块心形的蛋糕，精美的咖啡色蛋糕上，散落着一些晶莹剔透的白糖，像是洒落的雪花那般。

蛋糕真精美，她们不舍得吃，劳拉和玛丽望着蛋糕，发起了呆。劳拉忍不住了，她从蛋糕的下边掐了一小块，放到了嘴里，这样，谁也看不到吃过的痕迹了。蛋糕里面白色的部分，是用纯净的白面粉和糖制作而成的。

劳拉和玛丽没有从袜子里再掏出什么东西了，此时此刻，她们已经很满足了，杯子、蛋糕、糖果，这对她们而言，实在是太惊喜了。为此，她们开心地说不出话来。但是，妈还是问她们是否确定袜子里真的没有其他的东西了。于是，她们把双手伸到里面，在袜子的最里面，竟然还有一枚崭新的硬币。

她们从来不曾期待自己会有一枚硬币，这可是属于自己的钱，可以用来买除了杯子、小蛋糕、糖棍之外的东

西，仅仅是想一想，就令人兴奋呢。

从未有一个圣诞节会像今年这样快乐。

劳拉和玛丽很感谢爱德华先生，从那遥远的镇上，为她们带来了这样多可爱的礼物。但是此时，她们早已忽略了爱德华的存在，因为她们实在太高兴了，几乎把圣诞老人都给忘记了。不过，她们很快就回过神来，因为妈在她们想起来之前，悄悄地提醒她们："你们两个是不是应该感谢一下爱德华先生呢？"

"爱德华先生，太感谢你了。"她们一起说，爸握住了爱德华先生的手，并且感激地摇了摇。

爸、妈、爱德华先生都很感动，好像要哭了一样。劳拉也不知道他们为什么会这样，她们只好跑去看自己的礼物。

劳拉听到了妈舒了口气，像是很放松，她不禁抬起头来。爱德华先生正从口袋里掏出来甘薯，他开玩笑地说，这些甘薯啊、土豆啊，在他渡过溪流的时候帮了他的大忙。他还说，爸妈可以把土豆放到火鸡里面，那样很美味，他们肯定会喜欢。

足足有九个甘薯呢，这是爱德华先生从镇上带回来的。"没想到你竟然带来这么多的东西。"爸感激地说，他们真的不知道该如何表达自己的感谢之情了。

玛丽和劳拉也很开心,甚至连早餐都吃不下了。她们使用了崭新的锡杯,用它来喝牛奶,却没怎么吃那些兔肉和玉米面包。

妈说:"查尔斯,咱们很快就可以吃圣诞大餐了。"

在圣诞大餐里,烤火鸡鲜嫩多汁,还有在炉火里烤得香香甜甜的甘薯,还有一些面包是用最后的面粉做成的。

然后,还有一些可爱的红糖做成的小蛋糕,上面洒有白糖,除此之外,还有一些美味的黑莓干。

后来,爸、妈、爱德华围绕着壁炉坐了下来,他们聊起了在田纳西州和威斯康星州的森林里所度过的圣诞节,真是怀念啊!

此时,玛丽和劳拉纹丝不动地盯着她们的漂亮蛋糕,玩着硬币,用新杯子喝水。不仅如此,她们还一小口一小口地舔着长长的糖棍,直到一头变得很尖。

这是一个多么快乐的圣诞节啊!

深夜,恐怖的尖叫声

白天开始越来越短,天空很是灰暗,夜色越来越黑,空气也变得很冷。云朵似乎就挂在小屋上面,草原被笼罩在其中。雨一直下,风中隐隐约约地飘着又小又硬的雪。雪花打在了被冻得弯了腰的叶子上,第二天雪花很快就消失了。

爸每天都会出去打猎和设置陷阱,在房屋里,劳拉和玛丽会帮助妈做一些家务活,然后,还会缝制拼布被子。偶尔,她们会和卡莉玩拍手掌、藏顶针的游戏,有时候,

草原上的小木屋
Little House on the Prairie

劳拉和玛丽会在大拇指上绑一根线，玩钩钩绳的游戏。对了，她们还很喜欢"热豆粥"的游戏，两个女孩面对面，拍自己的双手，再拍彼此的手，嘴巴里还会随着节拍欢快地唱：

> 热豆粥，
> 冷豆粥，
> 豆粥在锅里，
> 这是第九天。
> 有人喜欢吃热的，
> 有人喜欢吃冷的，
> 有人喜欢把它放锅里，
> 等到第九天才会吃。
> 我喜欢热豆粥，
> 我也很喜欢冷豆粥，
> 我更喜欢把它们放锅里，
> 第九天才吃掉。

这首儿歌实在太现实了，什么也比不上一碗撒着熏肉沫的粘稠豆粥更美味可口了。爸打猎回来了，他看上去很饿也很冷，妈为他盛了满满一碟子热豆粥。劳拉喜欢喝热豆粥，也喜欢喝冷豆粥，她觉得豆粥就是应该放很久，才

更美味。当然,豆粥肯定不会放九天,那之前,她们肯定早把豆粥吃得光光了。

风一直在吹,偶尔猛烈尖叫,偶尔嚎哭不已,有时,那风儿会低声呜咽。风儿一天到晚地吹,他们似乎已经习惯了。一天晚上,他们却听到了非常尖锐的叫声,于是,大家都被惊醒了。爸立刻从床上跳了起来,妈问道:"查尔斯,你听到那是什么声音了吗?"

"好像是一个女人尖叫的声音。"爸一边说一边麻利地穿上了衣服,"那声音好像是从斯科特家那里传来的。"

妈也慌忙说:"大概是出什么事情了吧!"

爸低头穿靴子,他把脚放进靴子里,双手抓着靴子的筒往上猛地一拉,然后又在地上踩了一踩,总算穿上了靴子。

"估计是斯科特先生病了。"爸又穿上了另一只靴子。

"应该不会是……"妈低声地问道。

"当然不会。"爸回答,"我说过了,他们应该不会主动惹麻烦的。在峭壁那里的营地,我看他们生活得挺平静的。"

劳拉也挣扎着要从床上爬起来,妈却说:"劳拉,躺下接着睡觉吧。"于是,劳拉只好又躺了下来。

爸披上了那件暖和的大衣,上面有着鲜亮的格子图案,然后,他戴上了帽子,围上围巾,点燃了灯笼里的蜡烛，带上枪，就出门了。在他关上门的时候，劳拉看了一眼外面的天空。夜色如此黑暗，甚至没有一颗星星，她从未见过这样黑的夜。

于是，她赶紧叫了一声："妈！"

"劳拉？"

"外面为什么这样黑暗？"

"是啊，暴风雨要来临了。"妈一边说，一边把绳子拉进屋里，还往壁炉里增添了一些柴火，然后又躺到了床上，"劳拉，你快点睡觉吧！"妈说道。

可是，妈自己却睡不着，劳拉和玛丽也睡不着，她们竖起耳朵，除了呼啸的风儿，竟然什么也听不到。

玛丽把被子拉到头顶上，悄悄对劳拉说："希望爸赶快回来吧！"

劳拉没说什么，只是点点头，她似乎可以感觉到，爸在小山坡上，一步步地向着斯科特家里走去，手里的那一盏灯笼发出微弱的光芒，在风中摇曳不止，几乎被吞没在黑暗中。

过了一会儿，劳拉低声说道："嗯，天要亮起来了。"玛丽点点头，她们躺在床上，听着外面的呼啸而过的风声，爸还是没有回来，狂风中又响起来那个尖锐的吼声，那声音离她们的房子似乎越来越近了。

劳拉有点怕，也尖叫了一声，跳下了床，玛丽用被子

裹着自己。妈起床了,往火炉里新添了两三块柴火,劳拉央求妈,可不可以待在地板上,过了好久,妈才同意了她的请求。

妈说:"但是,你得用围巾裹好自己啊!"

于是,她们蹲在火堆边,安静地听着外面的声音,除了呼啸而过的风声,还是没有其他的声音。但是,她们还是不想躺在床上。

这时,门外传来了爸重重的敲门的声音:"卡洛琳,快让我进屋,快点!"

于是,妈赶紧打开了门,爸走了进来,砰地一声关上了门。他喘着粗气,脱下了帽子,说道:"我真快被吓死了!"

妈说:"查尔斯,是什么声音呢?"

"一只黑豹!"爸回答道。

原来,爸匆匆忙忙地赶往斯科特的家里,看到他们家一片黑暗,并无什么特别的事情。爸提着灯笼,在他们家的周围走上了一圈,也没有发现任何不对劲的地方,一瞬间,爸觉得自己傻极了,就因为一点风吹草动,半夜就赶紧爬起来,跑了这样远,足足得有两里路。

但是,他并不想打扰到斯科特夫妇,于是,他赶紧快步往回赶,凛冽的风吹得很冷很冷。就在他快速地沿着峭壁边的小路往回走的时候,突然,从爸的脚下传来了那声可怕的尖叫。

他对劳拉说:"当时,我的头发吓得竖立了起来,像是受惊的兔子,飞快地往回跑。"

劳拉问:"黑豹在什么地方呢?"

爸说:"一棵树顶上面,在靠近峭壁的一棵三叶杨树上面。"

劳拉问:"它没有追赶你?"

爸回答:"这个,我真不知道。"

妈说:"查尔斯,现在你终于安全了。"

"是的,外面天是那么黑,和一只黑豹待在一起,可不行。"爸说,"劳拉,看到我的脱鞋器了吗?"

劳拉把脱鞋器拿给了他,原来,脱鞋器就是一块很薄的橡木板,一头有一个槽口,中间也有一个槽口。劳拉把脱鞋器放在了地上,楔子一端朝下,有槽口的另一端自然就翘了起来。爸把一只脚踩在了上面,用力地踩在槽口上,把脚一抽,靴子就脱下来了。然后,爸又用了同样的办法,脱掉了另外的一只靴子。靴子贴在脚上,太紧了,也只有用这样的方法才可以脱下来。

劳拉看着爸终于脱掉了靴子,好奇地问:"黑豹会不会叼走小女孩?"

爸说:"当然会啊!会咬死她,然后吃掉她。我现在还

小木屋的故事
Little House Books

没有杀掉它，你和玛丽最好待在房间里。天亮了，我就带上枪去杀死它。"

后来的几天，爸一直寻找机会去逮住那只黑豹，他发现了黑豹吃剩下的羚羊骨头，还有一些散落的毛皮，但是，他始终没有找到那只黑豹，因为它一直在树尖上来回地蹿，并没有在地上留下痕迹。

爸说他一定得找到那只黑豹，并射杀了他，不然，他会不甘心的。他还说："我们可不能任由那只黑豹在四周出没，这里生活着好几个小女孩呢。"

但是，他始终没有捕杀到那只黑豹。一天，他在树林里看到了一个印第安人，他们彼此看着对方，却听不懂对方在说什么。所以，他们之间的交流只好停止。印第安人指着地上的黑豹的痕迹，对爸展示了他的枪支，又指了指树尖，还有地面，他的意思是他已经杀死了那只黑豹。他把手指指向了东边，又指向了西边，意思是说他前一天就已打死了那只黑豹。

爸终于可以放心了，那只黑豹死了。劳拉问他，如果那只黑豹还活着的话，它会不会咬死"帕普斯"并吃掉他呢，爸点点头，这大概也是印第安人射杀那只黑豹的原因吧！

印第安人聚集在了一起

冬天就这么过去了,风好像也没有那么猛烈了,天气也没有之前寒冷了。一天,爸说,他看到了一群大雁向北方飞去了。他打算把自己积攒的动物皮毛拿到镇上去交易。

妈却说:"印第安人离我们实在太近了!"

爸说:"不要担心,其实他们很友好。"爸在树林里打猎,常常会遇见印第安人,事实上,他们没什么可怕的。

"我倒不怕他们。"妈说,但是,劳拉知道,她还是害怕的。"查尔斯,你去镇上一趟吧,我们得买回来犁和种

子，你赶紧回来就是了。"

第二天，天刚刚亮，爸就将佩特和帕蒂套到了马车上，他把所有积攒的动物皮毛，小心翼翼地搬上了马车，朝着镇上的方向，飞奔而去。

劳拉和玛丽又开始盼望爸回来了，一天、两天、三天、四天，爸还是没有回来啊。第五天早晨，她们刚刚起来，就赶紧跑到了门外，等爸去了。

那一天，阳光灿烂，空气中似乎飘荡着春天的气息了。辽阔的蓝天传来野鸭"呱呱"的叫喊声，以及大雁"洪克洪克"的叫喊声，它们排成长队，如同小黑点组成了一根长线，向着北方飞去了。

劳拉和玛丽在外面的空地上，正玩得开心，可怜的杰克看着她们，它被拴在了那里，叹息不止，它既不能跑，也不能和她们玩。劳拉和玛丽无奈地看着它，很想安慰它，但是它却不需要，因为它只愿意像往常一样，自由自在地奔跑、玩耍。

不过，那天早晨，爸还是没回来，直到下午，他还是没回到家。妈说，爸卖掉那些皮毛也得需要一段时间啊。

那天下午，劳拉和玛丽在玩游戏"跳房子"，她们使用木棒在地上画了线，玛丽并不怎么喜欢这个游戏，毕竟她已经八岁了，在她心里，有教养的女孩子可不会喜欢这样的游戏。但是，劳拉很喜欢玩，她又骗又哄，说就当在这里等待爸，当爸的马车从溪流那边过来的时候，她们立马可以看到他，玛丽觉得她说的很有道理，就玩了起来。

玛丽玩着玩着，突然站着不动了，说："那是什么声音呢？"

劳拉也听到了她说的那些声音，她仔细地听了一会儿，说："可能是那些印第安人吧！"

玛丽真的被吓到了，纹丝不动地站在那里。劳拉却没有害怕，她对那些声音很好奇，因为它们应该是很多印第安人一起发出来的声音，他们在一起唱歌、跳舞，那声音很像是斧头在砍东西，也像狗在狂吠，偶尔又像唱歌，但是，劳拉从未听过这样的音乐。那声音既粗犷又凶猛，却没有任何的愤怒与不安。

劳拉想试着听得更清楚，但是，这些声音传来的时候，被路上的山、树、风隔开，再加上杰克的嚎叫，她根本听不清。

妈走出门来，也跟着听了起来，她把劳拉和玛丽喊进了屋里，把杰克也拖到了房间里，最后，她又插上了门阀，把插销绳抽了进来。

她们专心致志地看着窗户外，仔细地听那声音，不再玩耍了。在房间里面，想听清楚似乎更难了，有时可以听到微弱的一点声音，有时根本就听不到，唯一可以确定的

是，那声音从未停止过。

今天，她们很快就忙完了家务活，妈把母牛、小牛都关好，并把牛奶提到了房间里，过滤后放了起来，然后她还打了井水。这个时候，劳拉和玛丽正抱着柴火走进了房间里，此时，那个声音一直在响着，而且越来越大了，越来越急促，劳拉也跟着紧张起来，不由得心跳加速。

待她们都走进房间里，妈赶紧插上了门闩，天亮之前，她们肯定不会走出这间房子了。

太阳落山以后，天边出现了一片绯红色。壁炉里燃烧着的火苗跃动着，妈开始准备晚餐了。劳拉和玛丽依然趴在窗户边，看着外面的风景，在她们眼中，窗外的风景慢慢暗淡了，阴影开始笼罩了大地，天空中一片浅浅的灰色飘来。而那声音却从溪流边不断传来，节奏越来越清晰，越来越响亮。劳拉的心随着那节拍，跳得越来越快，似乎血液也沸腾起来。

劳拉突然夺门而出，因为她听到了马车行驶而来的声音，她跑到了门边，快乐地欢呼起来，但是，她还是无法出去。妈不让她出门，她就没有办法出去。爸抱着一捆东西过来了。

爸进来的时候，手里满满地都是物品，劳拉和玛丽拉着他的衣袖，显得开心极了，又蹦又跳的。爸开玩笑地

草原上的小木屋
Little House on the Prairie

说:"喂!喂!别拽我了,你们难道以为我是大树吗?"

爸把东西放在了桌子上,紧紧地抱起劳拉,把她抛向了空中,又接住了她。然后,他用力地拥抱了玛丽。

"爸,你快点听呢!"劳拉兴高采烈地说,"这些声音是从印第安人那里传过来的,可是,他们为什么会发出这样的声音呢?"

"他们好像是在聚会吧。"爸说,"我经过溪洼地的时候,好像也听到了那声音。"

随后,爸就把马解开了,把车上其他的东西也都一一拿下来。看啊,爸买来了一把犁,并且把它放在了马厩里,之后,爸把买来的种子放进了屋子里。爸还买来了一些红糖,因为白糖太贵了。除此之外,爸还买来了他们生活所需的玉米面、盐以及咖啡,还有一些土豆。劳拉希望能品尝一下这些土豆,但是,爸却说,这是用来做种子的土豆。

爸的脸上闪现了一丝微笑,他打开了纸袋子,里面竟然是饼干。他把饼干放在了桌子上,拿出来了一个玻璃罐,放在了纸袋的旁边,玻璃罐里是绿绿的酸黄瓜。

爸说:"我们可以好好地享用一顿美餐了。"

劳拉不由地流下了口水,妈用温柔的眼神看着爸,因为他一直还惦记着,妈很想吃酸黄瓜。

带回来的东西还很多,爸递给妈一个包袱,看着妈打

开来，原来里面是一匹印花的布，妈可以为自己做一条裙子了。

"查尔斯，你真是太奢侈了，这个实在太贵了！"妈责怪道，但是，她和爸的脸上都洋溢着温暖而幸福的微笑。

爸挂起来他的帽子和方格花呢外套，然后，他坐了下来，向着炉火伸着双腿。

玛丽坐下来，两手交叉在双膝前面。劳拉爬上了爸的膝盖，拿小拳头敲着爸问："我的礼物呢？在哪里？"她一边问，一边用拳头敲打着爸，爸不由地大笑起来，声音如同洪钟一样响亮。他说道："我猜，它们在我上衣的口袋里。"

于是，爸掏出来一个包裹，它的形状有些特别，他慢慢地打开了它。

爸给了玛丽一个发卡，说："玛丽，这是你的，因为你一直很有耐心。这个，是你的，劳拉。"爸也给了劳拉一个发卡。

这两个发卡几乎没有什么差别，它们是用黑色的橡胶做成的，可以紧紧贴在小女孩的头发上。美丽的发卡上面，还有一个小小的五角星，它的背面还有一条亮丽的彩带，在五角星下面隐隐约约地露出来鲜艳的颜色。

玛丽发卡上是蓝色的彩带，劳拉的是红色的彩带。

妈整理了一下她们的头发，又帮她们戴上了发卡。玛丽的头发是金色的，上面佩戴着蓝色的星星。劳拉的头发是棕色的，上面佩戴着一颗红色的星星。

劳拉和玛丽相视一笑，她们快乐地蹦了起来。她们大概从未佩戴过这样漂亮的装饰品。

妈说："查尔斯，你自己没有礼物啊！"

爸回答道："我买了一把犁，春天很快就暖和起来了，我就可以去犁地了。"

很久以来，她们好像从未吃过这样美味的晚餐了，爸终于平安归来了。吃了长时间的大雁、野鸭、火鸡和野鹿之后，煎咸猪肉的味道真是棒极了！饼干的味道也很棒！酸黄瓜的味道更是没得比！

爸教两个小家伙认识各种种子——什么是萝卜、胡萝卜的种子，那是洋葱和大白菜的种子，烟草、青豆、土豆、西瓜的种子都是什么样子的。他对妈说："种子在这片肥沃的土地上生根发芽，等到收获的时候，咱们就是国王了！"

他们似乎已经忘记了印第安人营地那边不断传来的声音。风在烟囱里吼叫，还在屋子外面不断地嚎叫。他们自然熟悉它们，却没有人留意到它们的存在。每当这些风声停止的时候，劳拉似乎又听到了印第安人营地那里传来的

粗野、尖锐、急促的响声。

爸好像对妈说了一些悄悄话，劳拉挺直了身体，想听听究竟是什么。爸说他从独立镇打听到，好像是政府要把白人垦荒者从这里赶走，因为印第安人不断地向政府抱怨，说白人抢占了自己的土地，这个消息也已经被华盛顿方面证实了。

妈喊道："查尔斯，我们做了这么多的事情，就这样白费了啊！"爸说自己也不信这个传闻，他还说："政府一直允许垦荒者去开垦土地，并能拥有它。我相信政府会让印第安人继续西迁的。最初，我也是从华盛顿听到的传闻，说这里一直会向开荒者开放。"

妈说："政府早点儿给定论吧！"

劳拉和玛丽躺在床上，却久久未能入眠。爸和妈围坐在火堆旁边读报纸，原来爸从堪萨斯州买来了一份报纸，想给妈读读。事实上，报纸上的报道也说了，政府是不会轻易赶走白人垦荒者的。

风一停，劳拉就会听到从印第安人营地那边传来的声音。有些时候当风吹起来，她似乎就可以听到快乐的庆祝的声音。"嗨！嗨！嗨……"那些声音似乎越来越快，劳拉的心跳也越来越快。

草原的一场大火

春天终于来到了，温暖的风儿让人顿时精神振奋起来，外面的风景更是空旷、舒适。在干净明亮的天空中，飘着几朵云，草原上笼罩着它们的影子，那种淡淡的褐色却让人很喜欢，云影之下，是白色的枯草，色调同样雅致。

爸把佩特和帕蒂套在了犁上，于是，它们就开始在草原上犁起地来。草皮那么厚，下面长满了厚厚的草根。帕蒂和佩特使出全身力气，用力地拖着犁往前一步步迈去，

大草原的地上，被犁出来一条长长的沟渠来。

枯草看上去很高，也很密，草根似乎被粘在泥土上了，那些被爸犁过的地，那些厚厚的草根翻了起来，压在了枯草上，枯草也张牙舞爪地从草根里伸出了头。

爸和那两匹马儿还在辛苦地耕作，爸说了，这些播种下去的种子，会先冒出来土豆和玉米，明年的话，枯草和草根也会腐烂了。依此情况，再过个两三年，他们就会拥有一块好的庄稼地了。

爸真心喜欢这里的土地，它们是那么肥沃，甚至没有树桩和石头。

越来越多的印第安人奔跑在草原上，他们的身影似乎占满了整个草原。洼地那边，偶尔会传来枪声，那是印第安人的枪声。这看似平坦的草原上，真的不知道会隐藏着多少可怕的印第安人啊！劳拉经常看到一些突然冒出来的印第安人，前一秒，她似乎都没有留意到他们的存在。

印第安人常常来到劳拉家里，他们有的看起来很和善，有的却带着一副不好惹的样子。他们每个人都会索要食物和烟草，妈也会尽量地满足他们的要求。每当印第安人指着一个东西哼哼的时候，妈就会把那个东西递给他。所以，妈会把大部分的食物都隐藏起来，不让那些印第安人看到。

杰克的脾气向来火爆，它对劳拉也是如此。如今，它被锁在铁链上，它只能躺在地上，望着远处的印第安人，它的眼神中满是怒火。劳拉和玛丽似乎不太怕印第安人了，但是，只有爸或杰克在的时候，她们才会觉得安全一些。

一天，劳拉和玛丽正和妈一起准备午餐，卡莉也在一旁玩耍，美好的阳光却突然间消失不见了。

"这是要下大雨了吗？"妈看向窗户外面，劳拉也看向了窗户，一朵黑色的云从南面翻滚而来，已经遮挡了全部的太阳。

佩特和帕蒂正从地里往家里疯跑，爸扛着犁，拼命地跟在后面。爸叫喊道："草原起火了，快点，去把桶里都装上水，然后再把麻袋浸湿在里面。快点行动啊！"

妈一听，立刻跑向了井边，劳拉也拿着桶跟在了妈的后面。爸把马儿拴在了屋子的墙壁上，他还把母牛和小牛关进了马厩，然后抓到班尼，把它套在了屋子的一角。妈用最快的速度提起水桶，劳拉也赶忙跑到马厩旁，把爸扔出来的麻袋送了过来。

爸开始在屋子的旁边犁地，他用鞭子抽打着佩特和帕蒂，以此希望它们能够跑得更快一些。天色越来越黑暗，

就像太阳已经下山的感觉。爸在房屋的南面和西面都挖了一条犁渠，接着，他还在东面也犁了一道沟渠。野兔们蹦蹦跳跳地四处逃窜，它们好像当爸不存在似的，从他的身边一跃而过。

犁好这些沟渠以后，佩特和帕蒂快速地跑了回来，爸提着犁，紧紧地跟在了后面，接着，爸又把它们栓在了屋子北面的角落里。水桶被装满了水，妈和劳拉一起把麻袋浸湿到水中。

"咱们没有时间了，我只能试着犁出来一道沟，卡洛琳，快点，大火烧过来，可比马儿的速度快太多了。"

正当爸和妈打算抬起来水桶时，一只兔子跳过了水桶的上方。妈让劳拉在家里老实待着，她和爸抬着水桶，走向了犁沟。

杰克和劳拉只好靠着墙根而站，她看到在那不断翻滚的黑烟中，冒出来阵阵红色的火光，兔子们四处逃窜，它们好像一点也不怕杰克。杰克只是盯着大火，好像根本没看到兔子的存在，它不断往劳拉身边靠近，发出了痛苦的叫声。

风势越来越猛烈了，在大火的前面，飞翔着成千上万只鸟儿，疯跑着成千上万只兔子。

爸来到了犁沟的另一端，点燃了火堆旁边的草，妈

草原上的小木屋
Little House on the Prairie

用湿麻袋扑灭了要越过犁沟的火苗。大草原上，兔子又蹦又跳，蛇在蜿蜒爬行，松鸡拼命地拍打着翅膀，伸长了脖子，鸟儿们在天空中不断哀鸣，所有的动物们都在疯狂逃窜。

房子的周围都是火，只要有一点点火星即将烧到犁沟这边，不是被爸用湿麻袋扑灭了，就是被妈用脚踩灭了。他们在火的周围不停地跑着，跟这场大火周旋着。大风呼啸，大火在风中奔跑，巨大的火焰翻滚着。一团团火苗肆无忌惮地点燃了枯草，天空中滚来浓浓黑烟，偶尔还会闪来一道通红的火光。

玛丽和劳拉手牵手贴在房屋的墙壁上，她们恐惧得瑟瑟发抖。小卡莉还在房间里，此时，劳拉本打算去帮助爸妈，但是她的脑袋却被眼前的大火吓蒙了，就这样想着，她留下了眼泪。她的鼻子、眼睛、喉咙里都是烟味。

杰克也在一旁疯狂地叫着，班尼、帕蒂、佩特也用力地拽着拴住它们的绳子，那场从远处而来的橘红色的大火似乎比马儿的速度快多了，那些颤抖的火花在各处飞舞。

爸在犁沟旁边点燃了小火，此刻，已经烧出来一圈黑色的地带。前面的火苗逆风前进，一点点靠近大火团，又被大火团给吞噬掉，形成了更大的火团。

大风吹起来那些火团，火势也借着风力肆意地壮大了自己的力量。火包围了整座房子，大火咆哮，最终却绕过了整个房屋，向前面继续烧了过去。

爸妈站在空地上，扑灭了那些残留的火星。妈回到了房间里，洗了洗手，洗了洗脸。妈全身好像都被烟熏了一样，额头上渗出了冷汗，她一直在颤抖。

但是，她稳定了情绪，对孩子们说不要再担心了。妈说："一切都好了，我们点的逆风火，救了我们全家。"

空气中弥漫着一股烧焦的味道，在草原上，视线所到达的范围，都已经被烧得黑乎乎、光秃秃的，在风中飞扬着缕缕黑烟，所有的风景都和以往不同了，看上去有些伤感。爸妈却很开心，大火终于烧过去了，却没有伤害到他们。

爸感慨道，那些火就在他们身边燃烧，想想真是后怕，不过，他们现在已经安全了，不用担心了。爸问妈："假如就在大火到来的时候，我恰巧去了镇上，你该怎么办？"

妈说："我们肯定和小鸟和野兔没有区别，尽量往溪流边跑去。"

草原上所有的动物都知道大火来了，它们用最快的速度冲向了有水的地方，它们有的爬，有的跳，有的跑，有

草原上的小木屋
Little House on the Prairie

的飞，只要待在水里，就可以使自己免受伤害。那些鼹鼠们还有其他的办法，那就是钻进洞里，大火终于过去了，它们第一个伸出来脑袋，观看了眼前被烧得光秃秃，且冒着黑烟的大草原。

后来，从溪流边飞来了许多鸟儿，兔子们也蹦蹦跳跳地回到了草原上，想看看到底还剩下了什么东西。蛇过了许久才爬了过来，松鸡也开始四处走动了。

大火并没有烧到峭壁那里，也没有烧到溪洼地，所以，印第安人毫发无损。

那天晚上，爱德华先生和斯科特先生特意来看爸，他们怀疑是印第安人有意点燃了这场大火，他们就是想赶走白人，让他们无法在这里继续生活。

爸却不相信这个说法，他说，印第安人常常烧草原，就是为了让绿草可以更快地长出来，也方便他们在草原里行走。因为他们所骑的矮种马，徒步行走在高而密的草丛中，还是有些难度。这场大火虽然惊险，但是从某种意义上看，也使得爸犁地更加容易和方便了。

他们在交谈的时候，印第安人的鼓声从营地那边传了过来，里面还夹杂着他们的呐喊声。劳拉如同一只可怜的小老鼠，坐在门前的台阶上，安静地倾听着他们的谈话，显然，她也听到了印第安人那边的声音。星星变得很大，

好像伸手可触，一颗颗挂在大草原的上空，微微颤抖。夜风吹拂着劳拉的头发。被大火洗劫后的大草原终于安静下来了。

爱德华先生说营地那里有许多的印第安人，他很担忧。斯科特先生却说，假如印第安人没有恶意的话，他们是不会聚集在一起的。

斯科特先生断言："印第安人真的没有什么好人。"

爸却有不同的想法，他说，只要咱们不去招惹印第安人，他们会和我们和平相处的。而且，印第安人不断地西迁，他们仇视白人，也不是没有理由的。吉布森堡和道奇堡都驻扎着白人士兵，印第安人不会自寻麻烦的。

爸还说："斯科特，你刚刚的问题，我就可以回答你，印第安人之所以聚集在那里，是因为他们正在为一场春季猎牛的盛大活动做准备。"

然后，爸还说那边的营地应该聚集了几个不同的部落，部落与部落之间常常打架，但是，每每到了春天的这个时候，他们就会停下争斗，共同参加这场狩猎活动。

爸说："在这段时间里，他们会互相承诺，彼此和平相处，他们的心里每天想的都是如何捕捉到更多的野牛，所以，他们怎么会发动战争呢？这些印第安人聚集在一起吃饭、聊天，然后约好时间，一起去追踪野牛，野牛很快就会往北迁移去寻找野草的。天哪！我想想就觉得真是壮观，也很想参加一场这样的狩猎活动，那样的场面一定无比壮观。"

"英格斯，也许你分析得对，"斯科特先生慢慢地说，"不管怎样，我听到这个消息很高兴，我可以解释给我的太太听了，她直到今天还活在明尼苏达州那场大屠杀的阴影下。"

印第安人的战争传闻

第二天,爸看上去心情很好,他吹着口哨去犁地了。晚上他回来的时候,竟然浑身都是草原炭灰,但是,再也没有高高的野草耽误他干活了。

然而,印第安人的存在依旧是一个威胁,因为有越来越多的印第安人聚集在了溪洼地的旁边,劳拉和玛丽常常望着那里升起的缕缕白烟而发呆,晚上的时候,那些野蛮的印第安人也常常会呐喊。

这一天,爸回来得很早,他很快就做完了家务活,然后把所有的牲畜都赶进了马厩。现在的夜晚开始转凉了，它们不能继续待在月光下吃草了。

夜色笼罩着整个草原，风也渐渐地平静下来。印第安人营地那边传来的呐喊声越来越狂野，声势越来越大。爸把杰克关在了房间里，并关好了门，把插销绳也拉了进来。他说，天亮之前，谁也不许出去看。

小木屋在夜色中，是那么安静，那么黑暗，让人不由得恐惧起来。空气中处处是印第安人的呐喊声，一天晚上，这些声音里还夹杂着一些鼓声。

劳拉似乎在梦中都可以听见他们在喊叫，他们在敲鼓。她还可以听到杰克正在愤怒地用爪子抓地板，它在低声吼叫。偶尔，爸睡着的时候会立刻坐起来，仔细地听着那声音。

一天晚上，爸从床下拿出来子弹模子，他在炉边坐了很久，试着把铅融化成子弹，直到他用完了最后一点儿铅，他才停了下来。劳拉和玛丽也没有睡着，她们盯着爸所做的一切。他可从未一下子做这样多的子弹。玛丽问："爸，你做了这么多的子弹啊？"

"因为我实在无事可做啊！"爸故作轻松地吹了一声口哨。其实，爸犁地犁了一天，他实在太累了，连拉小提琴都拉不动了。他早应该上床休息了，而不应该坐在那里

小木屋的故事
Little House Books

做子弹。

而且,劳拉和玛丽好几天都没有看到印第安人了,玛丽不想去房屋外面玩,劳拉只好一个人去户外玩了,在她的心里,这个草原有一种说不出来的神秘感,而且它好像一点儿也不安全,正隐藏着一股暗涌的动力。而且,劳拉总觉得有什么东西在看着她,跟在她的后面爬行,但是,每次她快速地转过身,却发现身后空无一物。

斯科特先生和爱德华先生带着枪支,找到了爸,他们交谈了很久,然后又一起离开了。劳拉看到爱德华先生根本没有走进房间,她有些失望。

就在吃晚饭的时候,爸对妈说,一些白人提出了建设隔离区的建议。但是,劳拉并不理解什么是隔离区,爸告诉斯科特先生和爱德华先生,那其实是非常笨的建议。爸对妈说:"假如我们真的要建设隔离区的话,这时行动已经太晚了,现在,我们应该摆出一副不害怕的姿态。"

玛丽和劳拉互相看了一眼,她们知道,小孩子现在是不能提出任何问题的。在吃饭的时候,小孩子只能听,不能说,除非她们被问到问题的时候。

那天下午,劳拉问妈为什么要建立隔离区,妈说,建立隔离区,就是为了防止小孩子问东问西,大人不想告诉你的,你就装作不知道。玛丽看了劳拉一眼,不屑一顾地说:"看看,我早就提醒你了!"

劳拉不懂爸为何会说,即使他们害怕也要装出来一副并不怕的模样。当然,爸从来不会害怕任何东西,劳拉不想表现出自己的恐惧,但是,现在她真的很怕,很害怕那些粗鲁的印第安人。

杰克看到了劳拉,也不再对她耷拉着耳朵微笑了,有时劳拉拍拍它的头,却发现它依旧警觉地竖起双耳,它脖子上的毛也是竖立的,嘴巴张得很大,露出来一排牙齿,眼睛里满是怒火。每天晚上,当印第安人的鼓声想起来,越来越响亮、粗野的时候,杰克也跟着狂吠不止。

一天的夜晚,劳拉正睡着,她突然坐了起来,大叫一声,浑身是汗。

妈立刻跑到了她的身边,安慰她说:"劳拉,不要吵,你吓到卡莉了。"

劳拉什么都没有说,只是抱住了妈,那时,妈还没有脱掉睡衣。炉火已经熄灭了,只剩下了炉灰,天色已晚,妈并没有上床休息。木板窗户被打开了,月光透过窗户洒照在房间里,爸就站在阴影里,看向窗外,手里紧紧地握着枪。

窗外,依旧是印第安人的鼓声,那些叫声从未有停下来的意思。

劳拉觉得自己一直往下沉，她好像什么都无法抓住，也没有坚固的东西可以让自己获得安全感。甚至有很长的一段时间，劳拉不能看东西、无法思考。

她惊慌失措地问："爸，那是什么，那是什么？"她浑身颤抖，哪里都不舒服。耳边不断传来鼓声和野蛮的叫声，妈紧紧地抱着她，让她心里安稳些。爸说："那是印第安人的战争号子，劳拉。"妈轻轻地嗯了一声，爸又说："让孩子知道些吧，卡洛琳。"

爸解释说那是印第安人表示要战斗的意思，围着火堆跳跳舞，让玛丽和劳拉都别害怕。有爸在，有杰克在，而且吉布森堡以及道奇堡那儿还有军队。

"所以，玛丽，劳拉，别害怕。"爸重复了一遍，劳拉心里怕得要命嘴上却说："爸，我不害怕。"玛丽依旧躲在被子里发抖，卡莉哭了起来，妈赶紧抱着她坐在摇椅上，轻轻安慰着。劳拉爬到了妈身边，玛丽也靠了过来。爸站在窗前，警惕地看着外面的风吹草动。

鼓声好像在劳拉的脑子里响着，而印第安人野蛮的叫声比狼嚎还可怕。紧接着，更可怕的声音响起来——印第安人开始了战争的呐喊。劳拉觉得，那天晚上比噩梦还可怕，噩梦是梦，到了最吓人的时候会惊醒，可是这一切却是真实的，劳拉没办法醒来，没办法摆脱。

战斗的呐喊终于停息了,劳拉在漆黑的屋子里紧紧靠着妈,妈好像也在浑身发抖。杰克的叫声如泣如诉,卡莉又开始哭了。爸也被吓得出了身冷汗,他擦了擦额头说:"我从来没听过这样的呐喊声,他们是从哪里学来的呢?"没有人回答爸。

"他们根本不需用枪,呐喊声就能吓跑敌人了。"爸说,"我口渴,口哨都吹不出来了,劳拉,给我点水喝。"劳拉拿了一杯水递给爸,爸笑了笑,喝了几口水,然后笑着说,"我现在可以吹口哨啦!"说完就吹了几声口哨。

然后爸又趴到窗边去听,劳拉也凑了过去,远处传来矮种马"踏、踏"的脚步声,声音越来越近,木屋一侧传来急促的鼓声和呐喊声,另一侧貌似有个骑马人疾驰而过。

马蹄声越来越近,越来越响,整个屋子都好像在颤抖着,声音经过之后,越来越远,最后终于消失了。月光下,劳拉看到了矮种马上那个印第安人的影子。他披着毯子,头上的羽毛颤动着,枪管反射着月亮的光芒,最后消失在茫茫大草原上。爸说那个印第安人就是上次跟他用法语对话的奥塞奇人。

爸自言自语地说:"这么晚了,他急着干嘛去?"没有人回答他。鼓声和呐喊声还在继续,战争的号子一波又一

波地传来。

过了很久，那些声音越来越小，最后消失了。卡莉也哭累了睡着了。妈让劳拉和玛丽也上床睡觉。第二天，她们都不敢出门，爸守在门边。印第安人的营地很安静，整个大草原只听得见风吹草叶的沙沙声。

这天晚上，印第安人的呐喊声比以往都要厉害，比最恐怖的噩梦还要恐怖。劳拉和玛丽紧紧依偎着妈，卡莉一直在不停地哭。爸拿着枪，在窗子旁监视外面。杰克整夜走来走去，低声怒吼，随着战争号子尖叫。

接下来的几天，情况一天比一天糟糕。劳拉他们太累了，累得在鼓声中都能睡着，但是战争号子一传来，他们还是会在恐惧中惊醒。

白天比夜晚还糟糕，爸始终在窗子边看着，听着，他不能去犁地了，佩特和帕蒂被锁在了马厩里。玛丽和劳拉也不能出门。爸聚精会神地观察着草原，轻微的风吹草动都会让他紧张。爸这几天吃得很少，他总是不停地走到门口观察外面的动静。

爸累得趴在桌上睡着了，劳拉和玛丽想让他多睡一会儿，尽量保持安静，可是只过了一分钟，爸突然惊醒，几乎是跳了起来，对妈说："别再让我睡着了！""有杰克守着呢！"妈温柔地说。

这天晚上也是最糟糕的晚上。鼓声越来越响,空气中回荡着恐怖的战争号子,劳拉感到全身都不舒服。

爸说:"卡洛琳,他们可能内部吵起来了,说不定会打起来。""查尔斯,我真希望他们打起来。"妈说。

呐喊声持续了整个晚上,直到天亮才停,劳拉终于枕着妈的膝盖睡着了。

等醒过来的时候,劳拉已经躺在了床上,玛丽睡在旁边。门是开着的,中午的阳光明晃晃地照射在地板上,妈正在准备午餐,爸坐在门前的台阶上。

爸对妈说:"印第安人往南边去了,他们有另外一场大集会。"劳拉穿着睡衣跑到门口,她看到很远很远的地方,有长长一队印第安人,像蚂蚁一样往南前行。

爸说,今天已经有两队印第安人往西边去了,现在这队去了南方。这说明,印第安人内部发生了争执,他们撤离了,不会再合伙猎野牛了。

那天晚上很安静,听得到风吹过的声音。

"今晚我们可以好好睡一觉啦!"爸说。一整晚,他们连梦都没做,一觉睡到大天亮,非常惬意。第二天晚上,他们依然睡得很好。第三天早上,爸起床后觉得自己像雏菊一样神清气爽,所以想到溪边去侦查一下。

他把杰克拴在木屋旁的铁环上,拿着枪消失在了溪边

的小路上。玛丽、劳拉和妈没有心思做别的事情，只能安静地等待爸回来。阳光照在地板上，时间过得好慢。

直到下午，爸才平安到家。爸沿着溪流仔仔细细查看一番，看到很多印第安人遗弃的帐篷。除了奥塞奇的部落，其他印第安人部落都撤离了。在树林里，爸遇到一个会英文的印第安人，他告诉爸，除了奥塞奇部落，其他部落都想杀死闯入印第安地区的白人。正当他们准备行动的时候，有个人闯入了集会地。

这个人叫索尔达·杜·秦纳，意思是"伟大的勇士"。他是奥塞奇人，从很远的地方疾驰过来，就是为了阻止他们杀害白人。

"他说服自己部落的人，直到奥塞奇部落都同意不杀害白人，然后又对别的部落说，只要他们敢屠杀白人，奥塞奇部落就同他们开战。"这就是最后那个可怕的夜晚，吼声那么恐怖的原因。其他的部落吼向奥塞奇，奥塞奇部落吼回去。其他的部落不敢挑战，于是第二天离开了。

"他真是个好人啊！"爸说，不管斯科特先生怎么说，他都不信印第安人里没有一个好人。

印第安人离开了

　　劳拉、玛丽和爸妈可以躺下来舒舒服服地睡上一个晚上，真是太舒服了。一切那么安静，能听到猫头鹰在树林里咕咕地叫。无边的草原上空，升起一轮皎洁的月亮。

　　早上，温暖的阳光照着。溪边蛙声一片，妈说，它们是在说："水很深，一定要绕道而行啊。"

　　门开着，春天的气息飘进屋里。早饭过后，爸吹着口哨把马套好，要出去犁地。突然，他的口哨声戛然而止。他看着东方说："过来，卡洛琳，孩子们。"劳拉立刻跑了

过去，她大吃一惊。

许多印第安人骑着马过来，他们是从东面的溪洼地过来的。最前面的那个人劳拉认了出来，他就是那天晚上月光下骑马的高个子印第安人。杰克叫了起来，劳拉心跳加速，但是她并不害怕，因为她知道这个印第安人是好人。

他骑着一匹黑色矮种马，风把马的鬃毛和尾巴吹得像旗帜一样飘荡。他的马没有佩戴任何东西，马鞍啦，辔具啦，马背上连根皮带都没有。马就那样沿着小路一直走，心甘情愿地驮着背上的印第安人。

杰克露出牙齿凶狠地叫着，把铁链弄得直响，直到这一刻，它还记得这个人曾用枪指着它呢。爸说："安静，杰克！"杰克不听，爸狠狠打了它一下，说："安静，杰克！"爸还是第一次打杰克，杰克抖抖身子，安静下来。

那匹黑色矮种马越来越近了，劳拉看得越来越清楚。他穿着装饰着彩色珠子的鹿皮鞋，身上披着一条鲜艳的毯子，近乎全裸，手里拿着一把来复枪。

劳拉抬头看到他的脸，这个印第安人有一张棕红色的骄傲而安静的脸，好像没有什么事情能让他惊慌。他的眼睛非常明亮，坚定地注视着遥远的西方。他的姿势威武且高傲，浑身上下没有任何地方动弹，只有头顶的老鹰羽毛，随着骑马而一摆一摆的。

"他就是索尔达·杜·秦纳。"爸压低了声音说,然后做了一个敬礼的姿势。大家都转过头去,注视着印第安人挺直而高傲的背影。其他的印第安人和他们的矮种马也陆续过来了,他们跟在索尔达·杜·秦纳后面,也是一张张棕红色严肃的脸,一双双装饰着彩色竹子的鹿皮鞋,还有飘摇的老鹰羽毛和横放在马肩上的来复枪。

劳拉看到这些矮种马很高兴,它们短小的腿敲打在印第安人小道上,发出哒哒的响声,看到杰克就张大鼻孔闪避着,用发亮的眼睛盯着它。它们勇敢地向前走着,劳拉开心地拍手叫着,"那匹马有斑点!真是美丽极了!"劳拉想,那些马儿,她永远也看不厌。

过了一会儿,她又开始看骑在马背上的孩子。他们跟劳拉和玛丽差不多大,骑在同样没有辔具和马鞍的漂亮小马上。那些孩子都没有穿衣服,皮肤自然地裸露在清新的空气和温暖的阳光中。他们坐得直直的,一动不动的,像那些大人一样。劳拉淘气地想,如果自己也可以这样就好了!她很想光着身子,骑着漂亮的小马,那么亲近地感受着风和阳光。

然后就是印第安女人们,她们身上裹着彩色的毯子,乌黑浓密的头发在风中飘扬。有些女人的背上背着一个窄窄的包袱,有个小宝宝的头露出来。还有些矮种马的两侧

挂着篓子，里面坐着年幼的孩子。

这时，一个印第安女人骑马过来，马两侧的篓子里各放着一个婴儿。劳拉认真地看着那个靠近的婴儿。他的头发乌黑得像乌鸦的羽毛，眼睛黑得像没有月亮的夜晚，他好像也在望着劳拉，劳拉突然很想要这个孩子。

"爸，我想要那个印第安小宝宝。"劳拉喊道。"嘘，劳拉。"爸严肃地说。小婴儿从劳拉身边经过，用漂亮的黑色眼睛盯着劳拉。"我想要，我想要嘛！"劳拉请求着，那个孩子竟然转过头来看劳拉。"他也想跟我一起的，爸，求你了！""嘘，劳拉，他应该跟自己的印第安妈在一起。"劳拉的眼泪不争气地掉了下来。虽然她知道哭是一件很丢脸的事情，但是她还是忍不住哭了起来。

那个印第安小宝宝走远了，看不见了。妈说："真不害羞，劳拉。"劳拉还是忍不住流泪，"你为什么想要个印第安小宝宝呢？"妈问。其实劳拉也不知道为什么，"他的眼睛很黑。""劳拉，咱们有卡莉了，不需要其他的小宝宝了。"劳拉哭得更大声了，"可是我还想再要一个。""好啦，别说了！"妈提高了音量。

"劳拉，快往西边看看，能看到什么。"爸说。劳拉的眼睛里全是泪水，什么也看不清楚，但是还是尽量按照爸

草原上的小木屋
Little House on the Prairie

说的去做，不一会儿她就安静下来。举目望去，从东到西全是印第安人，似乎看不到尽头。

"其实印第安人挺好的！"爸感慨道。越来越多的印第安人从屋前走过，卡莉已经厌烦了看这些来来往往的印第安人，她在地板上玩耍起来。劳拉坐在台阶上，爸站在她的一旁，妈和玛丽站在门外，他们一直望着印第安人从自己的门前走过。一直到了晚餐时间，他们却一点也不觉得饿。

印第安人的马队继续走了过来，马上放着一捆捆的动物皮毛、帐篷等。偶尔，还会走过一些印第安女人和孩子们。终于，最后一匹马也走过去了。爸、妈、玛丽和劳拉却仍然站在门前，眼睛一直看着他们，直到印第安人长长的队伍消失在地平线上。一切恢复了平静。

妈说她什么都不想做，爸让她好好休息。大家都不想吃东西，爸套上佩特和帕蒂继续犁地去了。劳拉坐在台阶上，望着西边印第安人离去的方向，似乎还能听见那些哒哒的马蹄声，还能看见那双乌黑明亮的眼睛。

爸的决定

印第安人离开了,草原恢复了宁静。好像一夜之间,草原变绿了。"这些草都是什么时候长出来的啊?"连妈都很惊奇,本来是黑色的草原,转眼就绿了。

天空中飞过成排的野鸭和野雁,向着北方一直飞去。乌鸦在树上呱呱地叫着,声音很是凄美。风中满是泥土和新长出来的青草的芳香,云雀唱着清脆的歌,溪流的洼地里,锦花雀和小水鸟整天叫个不停。入夜之时,布谷鸟也跟着唱起歌来。

一天晚上，爸和劳拉、玛丽坐在台阶上。美丽的星光下，毛茸茸的小野兔在草丛中玩耍。白天，大家都很忙，爸忙着犁地，妈用锄头挖出小洞，劳拉和玛丽则细心地把种子放入小洞中，然后妈会用土把种子盖上。他们播种了很多蔬菜，有洋葱、萝卜、豌豆和青豆。大家都很高兴，因为长期以来总是吃肉，大家很希望能吃到新鲜蔬菜。

傍晚，爸早早地从地里回来，帮妈转移甘薯和大白菜的幼苗。妈把大白菜的种子放在一个扁平的盒子里，然后仔细地浇水，并且随着阳光的移动来移动它们。妈特地从圣诞节的甘薯中剩下一个做种子，现在已经生根发芽了。

爸妈小心地挖出每株幼苗，然后种到挖好的洞里面，然后浇水，盖上土。太阳落山的时候，所有的幼苗都栽好了。爸妈高兴地说，马上就有大白菜和甘薯可以吃了。

他们每天都会到菜园查看蔬菜的长势。菜园的土很硬，并且有很多杂草，但是所有的蔬菜都长得很好，豌豆长出了皱巴巴的叶子，洋葱也冒出了嫩嫩的芽，青豆苗生出卷曲的黄色的小苗。很快，这些蔬菜就会长大，他们就可以美美地吃到可口的蔬菜了。

每天早上，爸都会哼着小曲下地。爸播种了些土豆，还撒了一袋子玉米种子。很快，玉米种子会钻出泥土，然后长成一大片玉米。然后他们就会吃上新鲜的玉米啦。到

了冬天的时候，佩特和帕蒂也可以吃上美味的玉米粒了。

一天早上，玛丽和劳拉正在帮忙做家务，妈哼着歌整理床铺。劳拉和玛丽讨论着最喜欢哪种作物，劳拉说喜欢豌豆，玛丽说喜欢青豆。突然，传来爸在大声说话的声音，他好像很生气。大家赶紧走出去看看，妈走在了最前面。

爸把拖着犁头的佩特和帕蒂从地里赶回来，斯科特先生和爱德华先生紧跟在爸后面，斯科特先生正急切地说着什么。"不，斯科特！"爸语气很坚决，"我绝对不会留下来，被士兵像犯人一样带走！要不是华盛顿那些该死的官员，我们住在这里是合法的！我们不会走进印第安人的领土！我不想等着被那些士兵赶走！我们马上就离开这里！"

"查尔斯，发生什么事情了？为什么要走？"妈问道。"我怎么知道！但是我们必须马上走！我们要离开这里！"爸回答，"斯科特和爱德华说了，政府已经派士兵过来，要把咱们驱逐出印第安人的居住地。"爸的脸通红，眼睛里仿佛燃烧着火苗，劳拉从没见过爸发这么大脾气，她吓得紧靠着妈，一动不动地看着爸。

斯科特先生还想说什么，被爸阻止了："不用再说啦，斯科特。你就等着那些士兵来赶你吧。我们现在就要走了。"爱德华先生也说要搬走,"爱德华,请你和我们一起走吧。"爸说。

但是爱德华先生说他考虑建造一条船,顺着溪流到南方去。爸说溪流附近都是印第安部落,非常危险,"还是跟我们一起去北边吧,穿过密苏里州吧。"但是爱德华先生说:"我有足够的弹药,而且已经见识过密苏里州了,应该没问题。"

然后,爸请求斯科特先生带走自己家里的母牛和小牛:"斯科特,你是个好邻居,离开你们,我真的很遗憾,我们带不走这些牛了,就麻烦你了。"劳拉不愿意相信这些话都是真的,直到斯科特先生牵走了他们家的牛——温顺的母牛被斯科特先生牵走了,后面跟着活蹦乱跳的小牛犊。劳拉想,牛奶和奶油是没可能再吃了。

爱德华先生说明天会很忙,就不来送行了,他紧紧握着爸的手说:"英格斯,再见了,祝你好运。"然后握着妈的手说:"夫人,我不会忘记你的热情好客,祝你一切顺利。"然后他转过身,握了握劳拉和玛丽的手,她们顿时觉得自己也好像是大人了。

"再见。"他说。玛丽同样有礼貌地说:"再见,爱德华先生。"劳拉激动地忘了礼貌:"爱德华先生,我真不想和你分开!谢谢你为我们找到圣诞老人!"爱德华先生眼睛

里充满亮亮的泪花，没再说话，转身走了。

还不到中午时分，爸就把犁解了下来。劳拉和玛丽不得不相信，一切都是真的，他们要离开这里了。床铺整理了一半，餐具也没洗完，妈呆呆地坐在椅子上，看着屋里的一切。劳拉和玛丽一声不响地洗碗。

爸回来了，手里提着一袋子土豆，他看上去没有刚才那么生气了，"卡洛琳，煮些土豆吃吧！"那本是留作种子的土豆，现在要吃掉了。

劳拉永远记得那顿午饭，那些土豆味道好极了。劳拉终于明白了妈说过的那句"坏运气后面跟着的是好运气"的意思，午饭之后，爸和妈从谷仓里拿出车篷和支架，用绳子把马车的顶篷绷好，所有的支架都固定好，一切就绪，明天装好东西就可以出发了。

那天晚上大家都很安静，连杰克都一声不吭地躺在劳拉的床脚边。天气暖和了，不用生火了，可是爸和妈仍然盯着壁炉发呆。妈叹了口气说："已经过去一年了，查尔斯。"爸装作不在意地说："一年时间算什么啊，咱们有的是时间。"

一家人又离开了草原

第二天吃过早饭,爸和妈就开始收拾东西了。他们将所有的被褥摞在一起放在车厢后面。白天,玛丽和劳拉可以坐上去;晚上,就搬到车厢前面,大家可以睡在上面。

爸把小橱柜取了下来,里面装上了食物和餐具,然后放在马车的前座下面,上头放了一袋喂马用的玉米。"这样我的脚也会舒服些,卡洛琳。"妈把衣服装进了毛毡口袋里,挂在了车篷的支架下。

爸的来复枪挂在支架的另一边,还有他的子弹和火

药。爸的小提琴装在琴匣里放在床头,以避免马车颠簸损坏小提琴。妈把咖啡壶、烤箱和蜘蛛锅包好,放在车厢里。摇椅和盆子挂在马车外面,水桶挂在车下面,锡灯笼挂在车厢前面。差不多所有的东西都装上了车,唯一不能带走的就是那张犁,实在没有多余的地方了。只能到新地方,再用皮毛换一张了。

劳拉和玛丽爬上了马车,坐在车厢后面,卡莉坐在她俩中间。她们都洗了脸梳了头,打扮得漂漂亮亮的。然后,爸把佩特和帕蒂套上马车。妈也爬上了车,拉住缰绳。

劳拉请求爸让她多看一眼小木屋。爸松开车篷后端的绳子,打开一个很小的敞口,玛丽和劳拉就从那个小口里看出去。小木屋依然静静地立在那里,似乎并不知道他们要离开了。

爸站在小屋门口看了看,那些熟悉的木床,熟悉的壁炉,还有玻璃窗子,然后,爸轻轻地关上门,"也许有路人需要遮风避雨呢,留给他们使用吧!"爸说。

爸爬上马车,坐到妈旁边,接过缰绳,轻轻挥了下,佩特和帕蒂就出发了,杰克围着马车跑来跑去,小班尼跟在佩特旁边。全家人就这样出发了。

茫茫大草原上,新长出的青草在风中轻轻摇曳,白云在高高的、蓝透了的天空飘荡,"这真是个好地方啊,卡洛琳，可惜以后就只有印第安人和狼了。"身后，他们的小木屋和马厩依然安静地立在春风里，这一切，曾经是那么美好。

马车进入树林丛生的溪洼地里，一只布谷鸟突然唱起歌来。劳拉从来没觉得布谷鸟的声音会这么好听。他们渡过了小溪，继续前进，长角鹿从树林里站起来，用美丽的大眼睛好奇地盯着他们。

马车经过陡峭的红土崖，再次进了大草原。佩特和帕蒂的蹄子踏在草原上发出清脆的蹄音。风吹着马车前面的篷布架，发出呼啦呼啦的声音。劳拉的心里很激动，坐在一个遮得严严实实的马车里旅行，不知道前方是什么，不知道明天在哪里，充满了未知的惊喜。

中午时分，马车停了下来，马儿在溪边喝水，吃点草。妈从盒子里拿出玉米面包和肉，大家坐在一块干净的草地上吃午餐，还喝了从溪边取来的水。然后，劳拉和玛丽在草地上跑来跑去，摘了很多野花。最后妈收好食物盒子，爸套好了马车。

接下来，他们在草原上走了很久，除了随风摇曳的野草和望不到边的天空之外，偶尔会有一两只野兔，或者一只松鸡跑进草丛。

卡莉已经睡着了，劳拉和玛丽也快睡了，突然爸说：

"那边是什么东西？"劳拉一下子精神起来，她看到草原的那头有个小小的黑影。"哪儿啊？"妈问。"就在那边。"爸用手指着那个黑影，劳拉看清楚那个黑影是辆马车。

他们渐渐走进了，劳拉看到马车前面没有马，马车的轩辕上有两个人，佩特和帕蒂走近了，他们才抬起头来。"你们的马呢？"爸问。

"唉，昨天晚上我把它们套在车前，早上就不见了，套马的绳子被人割断了。"那个男人说。"那你们的狗呢？"爸问。"我们没养狗。"那个男人回答。杰克在马车下，没有叫，它是一只听话的狗，知道遇到陌生人的时候该怎么做。

"你们马丢了啊，偷马贼是最可恨的了！"爸对那个男人说，"是啊，是啊！"爸看了看妈，妈点了点头，然后爸说："那你们跟我们一起去独立镇吧。"那个男人回答说："不行啊，所有的家当都在这辆马车里，我们不能离开它。""为什么，这里可能很多天都不会有人经过，你们不能待在这里。"

"我也不知道，但是我们要跟我们的马车一起。"那个女人说话了，她低着头，戴着遮阳帽，劳拉看不清她的脸。"你们还是跟我们一起走吧，你们可以再回来取走马车啊。""不。"那个女人非常坚决。是啊，他们在这个世界上拥有的所有东西都在那辆马车里，他们怎么舍得离开呢。

草原上的小木屋
Little House on the Prairie

最后,爸只能驾车离开,留他们在茫茫的大草原上。爸边走边说:"真是的,所有东西都在马车上,还不养条狗,唉!"爸又说,"他们真不该来密西西比河这边乱逛!"

"可是,查尔斯,他们不会有事吧?"妈问。"独立镇有军队驻守,到了那里我会告诉长官,来派人接走他们。幸好咱们走过,不然啊……"

劳拉一直盯着马车,那辆马车越来越远,最后变成一个小点,然后消失不见。爸一直驾车走啊,走啊,当太阳快下山的时候,爸把马车停在了一口水井旁。这一路走来,他们竟然没有看到一个人影。

这里本来有一栋小屋,无奈,它已经葬身于大火中了。水井里有很多清凉的井水,劳拉和玛丽捡了些木头,爸卸下马车,拿出了装食物的盒子。火还是那么温暖,妈很快做好了晚饭,这一切,跟他们建小木屋之前的情景一样。

爸妈、卡莉、劳拉和玛丽围绕着火堆,吃了美味的晚餐,佩特和帕蒂吃饱了美味的青草,劳拉还记得为杰克留了些食物,让它饱餐一顿。

等太阳完全落下之后,该是宿营过夜的时间了。爸把马拴好之后,给它们准备了些玉米,然后坐在火旁抽烟斗,妈把劳拉和玛丽塞进被子,然后把卡莉放在她们

旁边。

"苏珊娜,请别为我哭泣。"爸的小提琴拉了起来,"我去过加利福尼亚,背着我的行囊,每当我想家,我多希望离家的不是我。"

"卡洛琳,"爸突然停止了,"我在想,菜园里那些蔬菜肯定被野兔子吃了,它们该多快乐啊!"妈说:"别说了,查尔斯。""我保证,卡洛琳,我们会拥有一个更好的菜园,我们得到的会比失去的更多。"

"我可没觉得多什么。"妈说。爸回答道,"多了小班尼啊!"妈笑了,爸的小提琴声又响了起来。"噢,迪克斯,我的脚印留在这里,我生在这里,长在这里,我永远的迪克斯!"

爸的琴声那么优美,劳拉不舍得睡着,她辗转反侧,但是又不能打扰到熟睡中的卡莉和玛丽,劳拉觉得自己从未像此刻这般清醒。接着,她听到杰克正在草地上转啊,转啊,它好像终于找到了舒服的地方,躺了下来。佩特和帕蒂还在嚼着玉米,链子哗哗作响。班尼躺在了马车旁边,在这广袤天空下,无垠的草地上,全家人依偎着入眠,马车又一次成了他们的家。

爸开始演奏一首进行曲,爸的声音如同钟声一样浑厚:

草原上的小木屋
Little House on the Prairie

我的孩子们，

让我们团结在旗帜下，

我的孩子们，

让我们相聚在一起吧，

高唱自由之歌。

劳拉激动地想跟着唱，却听见妈说："查尔斯，劳拉听着这样的音乐是睡不着的啊。"

爸没有回答，歌声转而变温柔了，劳拉很快地进入了梦乡。劳拉感觉自己的眼睛慢慢闭上了，爸的歌声在无际的大草原上飘着，那么轻柔，像是飘在大海上的羽毛，像是飘在蓝天上的云朵，陪着劳拉进入甜蜜的梦乡：

轻轻地划吧，

我的爱人，

日日夜夜，

我将永远陪伴你，

漂流在大海之上。